櫻子さんの足下には死体が埋まっている

Side Case Summer

太田紫織

角川文庫
23190

Contents

イラスト／鉄雄
鴻《こう》上《がみ》百合《ゆり》子《こ》
大学生。
櫻子と正太郎のいない
喪失感を抱えている。
八《や》鍬《くわ》士《まもる》
「えぞ新聞」記者。
お洒落な今時男子。
こだわりが強い。
磯《いそ》崎《ざき》齋《いつき》
高校の生物教師。
花が大好きすぎて、
時々様子がおかしい。

Side Case Summer

櫻子さんの足下には死体が埋まっている

Characters

千代田薔子《ちよだしょうこ》

櫻子の親戚。磯崎の花への耽溺を気に入り、庭の管理を任せる。

九条櫻子《くじょうさくらこ》

骨を愛でるのが大好きな、博識のお嬢様。現在はドイツにいる。

館脇正太郎《たてわきしょうたろう》

櫻子と出会い、自分の道を見つけた。法医学者を目指して東京の大学に。

阿世知蘭香《あぜちらんか》

百合子と正太郎の友達。警察官を目指して警察学校に行っている。

内海洋貴《うつみひろき》

交番のお巡りさん。元気で明るく市民の生活を守っている。

プロローグ

永山《ながやま》神社から九条《くじょう》家までの、お寺と古木のある道は、旭川《あさひかわ》でも少しだけ風景の違う道だ。

永山は、旭川が生まれた場所といっても間違いじゃない。

国道39号線は、全国チェーンの様々なお店が建ち並ぶ、活気のある通りだけれど、ちょっと道を曲がればこうやって、歴史の欠片《かけら》が残る場所に出る。

地震が少ない旭川は、新しい物の中に、こんな風にひょっこり古い時間がまぎれこんでいるものなのだ。

でも、そんな旭川の中でも、九条家までのこの道は珍しいように思う。

私も館脇《たてわき》君に出会うまで、知らなかった道だ。

でも今は何処よりも胸が高鳴って、愛《いと》おしい道。

大好きな櫻子《さくらこ》さんに繋《つな》がる道。

高校時代、みんなで何度も何度も歩いた道。

でも、今は一人だ。

笑いながら歩いた道を、今は夏の炎風だけが吹きすぎていく。

「…………」

道の向こうで、遠く逃げ水が揺れている。
追いかけても触れられない人の面影のように。
それでも触れたくて、私は走り出した。
だって、待ちきれなかった。

この道の先に待つ人の笑顔を見るのが。

File.1　アクリシオスとまだらの紐

壱

“Dux《ドウクス》 femina《フェーミナ》 facti《ファークティー》”——その事件の首謀者は女性であった。

……と、いうのはさして珍しい事ではない。罪を犯すことに性差はない。

結局の所、事件を起こすのは『男』『女』ではなくて、『人間』なのだから。

とはいえ、犯人がfemina《フェーミナ》ではなくpuella《プエラ》だったから、街はざわついた。

puella——つまり事件の犯人は、まだ十四歳の『少女』だったからだ。


その事件は、私・八鍬士《やくわまもる》がえぞ新聞 旭川《あさひかわ》支部に異動が決まる、丁度三日前に起きた。

ライラックの花が寒々と揺れる蝦夷《えぞ》梅雨の時期を越え、やっと街が緑色に色づきはじめた六月の、この中途半端な時期の辞令には驚いたが、病気療養による欠員を埋めるための一時的な異動だった。

自分の原点とも言える街に、今度は即戦力として駆けつけるというのは、純粋に自分の成長を認められたような、そんな気持ちになったものだ。

それに旭川は今、古い血と新しい血がせめぎ合っているように感じる。

都市と地方の両方の顔をもつ旭川は、良くも悪くもニュースで溢《あふ》れている。

この狭間《はざま》の時間を、目の前で追えるという事に、誇らしさすら覚える。同時に使命感も。

　とはいえ、私の足を鈍らせる問題が一つ――それが『札幌《さっぽろ》まだらの紐《ひも》殺人事件』だった。

　アーサー・コナン・ドイルの小説に擬《なぞら》えたその事件は、札幌市内に住む十四歳の少女Aが起こした。

　祖父をマムシの毒で殺したというもので、少女Aは自白をしたものの、その動機などは一切語らずに、いまだ黙秘を続けている。

　十四歳は幼いが、同時にもう物事を自分で判断できる歳だ。

　子供でも、大人でもなく、そしてそのどちらでもある年齢。

　少なくとも、命の重さや、それを奪う事で自分に科せられる罪がなんなのか、わからない年頃ではないだろう。

　少女Aが祖父を殺害しなければならなかった理由は、いまだに判明していない。

　殺害方法は、祖父が昼寝をしている間に祖父の飼っていたマムシを操り、その手を噛《か》ませたという。

　その後マムシは逃げたと言うが、庭で見つかったマムシの毒を解析したところ、ご遺体から見つかったマムシの毒と相違がない事はわかっていた。

　祖父の死はこのマムシが原因とみて間違いは無いそうだ。

祖父をマムシで殺し、それを隠蔽するどころか自ら通報し、警察に「私が祖父をマムシで殺しました」と自首した少女A。

動機はいまだにはっきりしないものの、状況や物的証拠、死亡推定時刻の数十分前に、スマートフォンで『マムシ 毒』と検索していたこと、なによりも本人の自供によって、彼女はいまだに祖父殺害の容疑で送検、勾留《こうりゅう》されている。

世の中には、そんな理由で？ と思ってしまう事件は確かに存在する。

孫が祖父を毒蛇で殺したというセンセーショナルな事件ではあったが、一昨日《おととい》寿都《すっつ》で見つかった身元不明の男性遺体のニュースでかき消されて、既に忘れ去られてしまっていた。

今年に入って、同じような事件が既に二件起きているのだから、注目が集まるのは仕方のないことだ。

けれど、新しい事件が起きたからといって、その前の事件が消えてなくなるわけではない。

とはいえ少女Aの親は、被害者遺族であり、加害者の親だ。このままずっと。

周囲から興味を惹《ひ》くであろう両親が、世間の好奇の目に晒《さら》されずに済むのは、もしかしたら幸いなのかもしれない。

――でも、本当にそれで良いのだろうか？

旭川に引っ越すまで、あと二週間。

私の中でくすぶるのは、好奇心ではない。

遺族を傷つけたい訳でもない。

ただ思うのだ――どうして少女Aは祖父を殺した？

自分の人生を投げ捨てて、どうして祖父を殺さなければならなかった？

その疑問符がずっと頭を離れない。

正義の形は一つではないこの世の中で、時に司法は市民の心を裏切る。

もし何も語らない彼女に、祖父を殺《あや》めてまで守らなければならないものがあったとするなら、そしてその罪をもう覆すことが敵《かな》わないならば、せめて真実を明るみに出したいのだ。

命のその尊厳を守るのが己の使命だなんて、大それた事は言わないが。

振り返って後悔をしたくはないのだ。あの時何故真実を探さなかったのかと、そう自分に幻滅するのが、私は何よりも嫌いだ。

後悔なんて、何かの役に立つどころか、足を引っ張ることしかない。

だから私は、どうしようもなく琴線に引っかかるこの事件を、無視しない事に決めた。

少女Aの祖父、つまり被害者の豊嶋信三《としましんぞう》は、少女Aにとっては祖父であっても、彼女の母親にとっては、別れた夫の父親だった。

母親の父、つまり少女Aのもう一人の祖父はどうやら政界関係者らしい。

そういう後ろ盾があるせいか、或《あるい》いは父親への影響を避けるためにか、娘同様、母親もいっさいの取材には答えないと聞いている。

出来る事ならもう少し、少女Aのひととなりなどを掘り下げていきたい所ではあるけれど、まず一番の疑問は、『そもそも毒蛇で人を殺せるか』だった。

報道はどうしても、人の輪郭ばかり描きたがるし、読者もそれが見たいのもわかる。

けれどそれだけでは、物事は一つの側面部分しか浮かび上がってこない。

『どういう子だったか』だけではだめなのだ。どんな土台の上で、どんな風に起きた事件なのかがわからなければ。

日本各地、毒蛇が関わる事故や事件はあるものの、殺人事件の凶器として使われたケースは発見出来なかった。

十四歳の少女が、祖父を殺害する方法として、暴力ではなく薬物を使用した……というのは考えられない事ではない。

けれど、何故その方法として、マムシが選ばれたか、だ。

それが人を殺害する方法として容易《たやす》いならば、もう既に何件も、凶器として使用されていてもおかしくはない。

でも他に同じ事をした人間はいないのだ。マムシという毒蛇のことは、日本各地で比較的危険な存在として知られている筈《はず》なのに、だ。

とはいえ、私はそれ以上を調べる事に、一瞬躊躇《ちゅうちょ》した。

何故なら。

何故、ならば。

「ひゅっ」

覚悟を決めて、何か情報をと朝一番に円山《まるやま》動物園を訪れたものの、私はは虫類・両生類館の入り口で、自分でも情けない小さな悲鳴を吐き出し、慌てて回れ右した。

札幌市円山動物園のは虫類・両生類館といえば、世界に誇れるほど優秀な飼育員がいると聞いた事がある。

でも、やはり無理だった。入れない——こんな所には。

私は蛇が苦手だ。いや、嫌いだ。大嫌いだ。もっとはっきり言うなら、怖くて怖くてしかたがないのだ——なんなら『蛇』という文字を見ただけでも鳥肌が立つほどに。

生理的反応というよりも——そうだ、生存本能に近い。

蛇を目の当たりにすると、自分の中から冷静さが一気に失われていくのがわかる。

オレ、ヘビ、キライ、コワイ、キケン——と、思考レベルが原始的な猿人になってしまうのだ。

結局ウホウホと尻尾《しっぽ》を巻いて、円山動物園を後にした私は、悩んだ末に一件のメールをある女性宛に打った。

『九条櫻子《くじょうさくらこ》』

今は海外で法人類学を学んでいるという彼女は、元々人間だけではなく、生物全般を知悉《ちしつ》していた筈だ。

野生動物の死骸《しがい》を拾い、検死してその生態と死因を調べ、骨格標本にしていたのだ。

私は正直言うと、彼女の事がとても好きではない。大嫌いだ。

彼女に何かを教えて欲しいと、そんな風に頭《こうべ》を垂れる事に、屈辱を感じないと言えば嘘になる。

彼女は知識人と呼ぶにはとても粗暴だ。

行動もさることながら、圧倒的な知識量で人の心まで蹂躙《じゅうりん》し、その自尊心に爪を立てていく、そのスタイルが大嫌いだ。

とはいえ蛇と九条櫻子なら、九条櫻子の方が幾分マシだ。

少なくとも蛇はヌメヌメとして、ボコボコした鱗《うろこ》がこの上ないほど気持ちが悪いが、九条櫻子は見た日だけは美しい。

そして彼女は、私が協力を乞《こ》うても、けして私を卑しめたりはしないだろう。

そういう形で他人に執着する人ではないのだ。

だからようは、私がプライドを捨てれば良いだけなのだ。

一瞬だけ、送信ボタンを押すのが躊躇《ためら》われた。

でも、蛇よりはずっとマシだ。蛇よりは。

少なくとも九条櫻子に即効性の毒はないし、割れてチロチロ伸びる舌も、牙《きば》もないのだから。

そう何度も自分に言い聞かせて、私はえいや、と送信ボタンを押した。

押して、けれどやはりすぐに後悔した。

私は蛇も嫌いだけれど、九条櫻子の事もやっぱり大嫌いだったのだ。

■弐

この世の中の天才の中には、時々神から一日四十時間くらい与えられているのか？　という人間がいるが、九条櫻子もどうやらその部類のようで、メールを送信してすぐに返信が来た。

時差や睡眠時間と言ったものは、彼女には無縁なのだろうか？

彼女がヨーロッパのどこで生活しているかまでは聞いていないが、少なくともまだあちらは深夜か早朝だろう。

婚約者――というより、事実婚の夫とそれぞれ充実した生活を送っているとはいうが、今まで身の回りの世話をしていた『ばあや』を失って、人間的な生活を送れているのか、他人事《ひとごと》ながらもつい心配になってしまう。

『面白そうな話じゃないか。是非直接聞かせてくれないかな』というメールを受け取って、その一時間後、私はPCのディスプレイ越しに彼女に向き合っていた。

　こんな時間に対応して貰《もら》えるのはありがたいが、やはり彼女は明らかにナイトウェアのままだった。

　化粧の必要もないほど整った顔立ちをしているとはいえ、寝癖も直さず、目のやり場に困るような格好で応対する、彼女のそのだらしなさが、私はとても嫌いだ。

　屈《かが》むと胸の谷間が覗《のぞ》く無防備さが、とても嫌いだ――やっぱり連絡するんじゃなかった。

　残念ながら彼女は、そういう形で異性を誘惑したり、惑わせるのが好きなタイプの女性ではない。単純にずぼらなだけなのだ。

　そして私は不規律がなにより我慢出来ない人間である――つまりイライラする。

　だからすぐに本題に入った。

　一分でも早く通信を切りたかったし、そもそも彼女は雑談などの無意味な会話を喜んだり、それを作法と思う人間ではない。

『蛇だと？　それはまた珍妙な事件だな』

　案の定、いきなり事件の相談をはじめた私に、不快どころか嬉《うれ》しそうに彼女は言った。

「調べてもみましたが、過去に毒蛇を凶器として用いた事件は見つけられませんでした」

『だろうね。私もあまり聞いた事がないし、些《いささ》か凶器として扱うには厄介だ――一歩間違えば、自分にも危害が及ぶ。そもそも毒殺したいなら、わざわざ蛇など使わずに、飲食物に仕込むなど、他に方法もあっただろう』

ふむ、と彼女は腕を組んだ。

「それは確かに――とはいえ、よく躾《しつ》けられていたらどうでしょうか？　最初はあくまで事故に装うつもりだったのかもしれない」

『躾《しつけ》か――うーん、正直言うと、私はあまり蛇の分野には精通していなくてね。骨格標本こそ、あんなに美しいものはないと思うが……だが、ばあやはニョロニョロしたものを好まなくてね。蛇に限らず、ウナギやウツボなんかも、あまりおおっぴらには扱えなかったんだ』

「はあ。ばあやさんのお気持ちはよくわかります」

ニョロニョロ、ダメ、ゼッタイ。

『まぁ、そんな訳だから、私ではあまり力になれないが、代わりに頼りになる人を紹介してあげよう。美瑛《びえい》に住んでいるから、札幌からなら日帰りでも会えるだろう』

「それは助かります」

『は虫類の中でも、特に蛇の知識に長《た》けているだけでなく、北方圏の生物の生態に詳しい男性だ。博識で、私と違って社交的な人だから、君の力になってくれると思う』

自分が社交的ではない自覚はあるのか。尤《もっと》も彼女の場合は、社交云々《うんぬん》というレベルの話ではないとも思うが。

『また何かあれば、いつでも連絡してくれて構わない。面白い話は大歓迎だし、私は君の事が嫌いじゃない』

しどけない夜着姿で、妙齢の美女にそう言われて、気分を悪くする人間はそう多くないとは思うが、私はそう多くない方の人間だ。

「ありがとうございます。私は嫌いですが」

だから素直にそう答えると、彼女はこんな楽しい事はないというように声を上げて笑った。そして一方的に回線を切った。

勿論《もちろん》気分を害したとか、不満があって切断された訳ではなく、ただ彼女の中で、私との会話が終了しただけだ。

……そういう所だぞ、九条櫻子。

とはいえ、すぐに彼女の方から『頼んでおいた。いつ来てくれても構わないそうだ』と、メールが来た。

その美瑛の研究者は、對中辰巳《たいなかたつみ》という男性らしい。

蛇の巣に自ら飛び込むのは恐ろしかったが、とはいえ話を聞かない訳にもいかない――願わくは、『実際にご覧になりますか？』なんて言わない人であれ。

すぐに添付されたアドレスに連絡をすると、本当にいつ訪ねても構わないそうだ。

だったら今日これからと、ダメ元でお伺いを立てると、對中氏は快諾してくれた。

ありがたい。時はあっという間に逃げていくから。

すぐに社を飛び出して、高速でまず旭川を目指した。途中、サービスエリアのセコマで、昼食におにぎりを買う。

いつも買うのは梅と決めているが、残念ながら品切れだった。

梅が特別好きなわけではないけれど、鮭はぽろぽろと零《こぼ》れやすいから食べない。そもそも魚はあまり好きではない。

定番の和風ツナマヨは、ツナもマヨも嫌いだ。

梅おにぎりの補充を待つ程、そこまで時間もかけたくない。結局今日はベーコンおかかにした。おかかもそんなに好きではないが。

一番好きなのは松前漬けおにぎりなので、通年定番入りして欲しいと願ってやまない。

それにしても、サービスエリアにセコマは本当に嬉しい。

道内全てのSA・PAにセコマがあればいいのにと思う。（※特に道東道）

道民にとって、生活圏内、移動圏内に、セコマがあるかどうかでQOLが大幅に変化すると言っても過言ではないのだから。

なんてことを考えながら、青空の下を走る。

窓の外を流れる景色は、少し前はくすんだ色をしていたのに、今日は鮮やかな原色の、夏の色だ。

必死に事件以外の事ばかり考えているのは、本当に蛇が怖いからだ。

けれど、それでも私は、少女Aが祖父を殺した理由を解明したかった。

この世には性善説が馬鹿らしくなるほど、生まれながらに邪悪な人間もいる。まったく理解に苦しむような、利己的で邪悪な衝動から、他者を害する人間は確かに存在するのだ。

けれどほとんどの場合は、罪を犯すのにも理由がある。

何故彼女は祖父を殺したのか。何故彼女は危険な蛇を使ったのか。何故何も話さないのか。何故少女Aが、罪を犯さなければならない状況に陥ってしまったのか。

『両親は何をやっていたのか』と、家族を責めるのは安易だ。

十四歳——思春期に、親の庇護《ひご》から離れたくなるのも、それも立派な成長だと思うし、親子という関係性であれば濃密に繋《つな》がれるかと言えば、答えはNOだ。

家族とはいえ、他人は他人。自分以外の人間である以上、味方とは限らない。そして愛情があるからと言って、理解出来るとも限らない。

私は妹の遺体を前にするまで、彼女が自死を選ぶ程苦しい状況に置かれていた事に、気がついてやれなかった。

彼女もまだ十五歳だった。

私は父親は違えど、年の離れた妹を可愛がっていたつもりだし、少なくとも彼女は家族に愛された少女だった——けれど死んだ。

幼い頃は天使のようにころころ笑う少女の顔から、ひっそり笑顔が消えたことを、当時私はそれも成長だと思っていた。思春期なのだから、兄にもう無邪気に甘えたりはしないだろうと。

母と義父もそう思っていたのだろう。

でも妹は、実際は交友関係に悩んでいた。

家族に言えないまま、あの子は命を絶った。

失われた命は何をしても帰ってはこないし、罪滅ぼしが出来るとは思わない。それでも私は、これ以上子供が犠牲になるのが許せない。

そしてその親が、可哀相な遺体に向き合う事も。

今回、確かに少女Aは加害者だ――でも、本当にそれだけなのか？　彼女は被害者ではなかったのか？　窮鼠《きゅうそ》が猫を嚙《か》んだ訳ではないのか？

十四歳の少女Aが、祖父を殺さなければならないほどの何かを抱えていたのなら、たとえ誰かに恨まれたとしても、絶対にそれを暴きたいのだ。

たとえ九条櫻子に頭を下げようとも、恐ろしい蛇と対峙《たいじ》することになろうとも。

きっともし、おにぎりの具に蛇しかなかったとしても、必要なら私はそれを食べるだろう。

別に崇高な信念をもっている訳じゃない。ただそのくらい、私は後悔するのが嫌いなのだ。

■参

札幌から旭川までの移動は、正直そんなに遠いようには感じない。

けれど美瑛までとなると、程よく『走った』という気分になる。

薄い膜が張るように覆い被《かぶ》さる疲労を振り払い、十勝岳《とかちだけ》方面——つまりは「白金青《しろがねあお》い池《いけ》」や「白金温泉」の方角に向かって車を走らせる。

白樺《しらかば》に囲まれた風景に、幼い頃読んだ絵本を思い出した。

森で迷子になった『Mummelchen』『Pummelchen』という小さな双子が、ウサギの一家と暮らす話だ。

ビルケの森という名前がなんとなく納得出来るような、郷愁を誘う欧風の空気がある。

時折感じる異国の雰囲気は、私が北海道を好いている理由の一つだ。

そんな美しい風景の中に、その對中邸はあった。

残念ながら、その景観に溶け込むような、丸太だったり、煉瓦《れんが》だったりという佇《たたず》まいではなかった。

ごく無機質な四角い建物だ。シンプルなデザインで、これといって特徴もない。しいていうなら、よく見ると窓が少ない代わりに、業務用サイズの室外機が覗《のぞ》いている。

蛇は風や日光を好まないのだろうか？　と思いながらインターフォンを鳴らすと、まるで待ちかねたとでもいうような、そんな友好的な雰囲気で、對中氏が笑顔で現れた。

年齢は四十代ぐらいだろうか？

染められていない少し縮れた短髪は、所々白髪が目立ち始めてはいるが、身なりにだらしない印象はないし、シャツの折り目も綺麗《きれい》だ。

年齢と共に変化していく自分の身体を、自然体で受け入れていくタイプなのだろうか。

「札幌からわざわざいらして下さってすみません。夏場とはいえ疲れたでしょう」

そう言って彼は改めて『對中です』と礼儀正しく名乗った。

「こちらこそいきなりお邪魔してしまって申し訳ありません」

名刺を差し出して頭を下げると、『いやいや、大歓迎ですよ』とにこにこ微笑んだ。

中心からほんの少し横にずれているものの、額の真ん中に大きなホクロがあることや、くるくるに巻いた髪、福々しい耳たぶに、笑いの形に細められた瞳《ひとみ》――なんというか、実に神々しい印象の男性だ。

仏々しい、というべきか。

は虫類の研究をしているからといって、変わり者であるとは思わないが、とはいえあの九条櫻子の紹介なのだから、一癖も二癖もあると覚悟していた私は、正直拍子抜けをしてしまった。

「……どうかしましたか？」

思わず立ち止まって彼を見つめてしまった私に、對中氏が首を傾げる。

「いえ……その、窓が少ないように思ったんですが、蛇は日光が苦手なんですか？」

「そんな事はありません。むしろひなたぼっこが好きですよ。とはいえ、絶対に紫外線でなければいけない訳ではありませんし、温度と湿度の管理が必要なので、窓がない方が世話をしやすいことと、万が一水槽から逃げた時に、できるだけ野外に出てしまうリスクを、最小限に止《とど》めるためです」

「成程……」

對中氏は、は虫類を飼育するためだけにこの家を建てたそうだ。どうやら妻子はいないようだし、まさに蛇御殿という事か。

無作法な自分を誤魔化す為だったが、逆に我ながら良い質問をしたと思った。そこまで厳重に管理されているなら、家の中でうっかり逃げた蛇と鉢合わせする……ような恐ろしい思いはしないで済むだろう。

――いやまて、万が一逃げていた場合、外には逃げられないのだから、むしろ鉢合わせする可能性が高いのか……？

「でも、その事を指摘されたのは、貴方《あなた》が二人目です」

おおう、と思わず身震いしていると、對中氏が感心したように言ってくれた。

「え？　ちなみに一人目は？」

「九条さんですよ、ふふふ」

「…………」

彼女と一緒にされるのはあまり気分は良くないが、少なくとも對中氏の信頼を得られたようなので、良しとしようか。

「お疲れでしょうから、座って話しましょう」と對中氏が室内に誘ってくれたが、リビングへと向かう廊下の壁には、何枚もの蛇の写真が飾られていて、私は瞬間的に血圧がゼロまで下がったような気になった。

「…………」

もう床を見るしかない。顔を上げてしまったら、多分もう一歩も先には進めない。

それでもなんとかリビングにたどり着き、勧められたソファに腰を下ろす。

リビングにも沢山の写真が飾られている。コンタクトを今すぐ外したいと思いながら、私はそれらが目に入らないよう、壁の一点を見つめる。

「それにしても『まだらの紐《ひも》』とは、マスコミも随分洒落《しゃれ》た名前をつけたものですね」

そんな私の動揺を知らない對中氏が、ほうじ茶を用意しながら言った。

「それが自白の際、彼女が自分で言ったそうなんですよ。『まだらの紐です。私がマムシを使って、祖父を殺しました』と」

「それはまた、肝の据わったお嬢さんだ――まあ、だからこそ、祖父を殺害するに至ったのかもしれませんが」

でもより一層興味が湧きました、と、對中氏が言った。微笑んでいるが、その目は笑っていなかった。

「それで、何をお聞きになりたいんです？　マムシの生態ですか？」

そう言って彼は湯気の立つ筒茶碗《ちゃわん》の横に、マムシが浸《つ》かったガラス標本をごとんと置いた。

私は思わずのけぞった。

背もたれのお陰でソファからは落ちなかったが、いっそ落ちてもいいからここから逃げたかった。

「もしかして、蛇が苦手ですか？」

「……すみません、実は」

「ははは、だったらこれはしまっておきましょうか」

「専門の方を前に、失礼だとは思っているのですが……」

「お気になさらず。世の中には蛇を好きだという人間の方が少ないですから」

私の非礼を責めるどころか、気を悪くしたそぶりもなく、對中氏は標本を足下に置く。

「子供の頃……外交官だった父とエジプトに住んでいた時、家政婦が一人、突然家に来なくなりました」

「エジプトですか」

「はい。まだ若く、子供の相手の上手《うま》い女性で、何故辞めてしまったのかとガッカリしましたが、よく聞けば彼女は辞めたわけではなく、夜、寝ている間に毒蛇に噛《か》まれて亡くなったそうなんです——それを聞いて、私はしばらくは夜、眠るのが怖かった」

毎晩毎晩、毒蛇に嚙まれて自分も死ぬ夢を見た。その恐怖を肌で感じた。

自分だけでなく、父や母も朝起きたら死んでしまっているんじゃないかと、恐ろしくてたまらない日々を送ったのだ。

「なるほど、確かにエジプトコブラの毒は強力です。シナプスでアセチルコリン受容体と結びついて筋肉への信号を遮断し、約十五分ほどで麻痺《まひ》が全身に広がり、呼吸不全で死に至ります」

「十五分……」

話を聞いているだけで、息苦しくなった気がして、私は無意識に自分の喉元《のどもと》を押さえた。

「大丈夫。少なくともこの北海道に、そこまで危険な蛇はいないから」

「でも……マムシの毒も恐ろしいんですよね？」

以前、何かの記事で、ハブよりも強い毒があると読んだ事がある。

嫌な記事だけは、頭の隅にこびりついて残るものだ。

よっぽど私が青い顔をしているのを見かねてか、彼は「リラックスして」と改めてほうじ茶を手渡してきた。

受け取って、自分の手がびっくりするほど冷えていることに気がつく。

指先を温めるようにして、私がお茶を一口戴《いただ》くのを見届けて、對中氏は一人掛けソファに深く座り直した。

「ではマムシの毒についてですが――まず北海道には五種類の蛇が生息すると言われています。アオダイショウ、シマヘビ、ジムグリ、マムシ、シロマダラ。ヤマカガシやハブなどはおりませんので、北海道に生息する毒蛇は、マムシだけです」

どうです、少し安心したでしょう？　と對中氏が微笑んだ。

「でも、それはつまり、一種類は存在している……という事では？」

「それは……そうですね」

「しかも、ハブより強いんですよね？」

「確かにその毒の強さはハブの二～三倍と言われています。ハブの毒で亡くなった方は、二〇〇〇年以降ほとんどいませんから、日本で蛇に噛まれて亡くなる方は、ほぼマムシによるものです」

つまり、事件の被害者である豊嶋信三氏も、その一人になったという訳か。

「ですが……そもそもマムシの毒で亡くなる方は、1％くらいの確率だと言われています」

「え？」

「毎年、日本でもハブは数百人、マムシも数千人が噛まれる被害が出ていますが、すぐに手当をすれば、命に関わる事は稀《まれ》なんです。実のところ、私も二回ほど噛まれたことがあるんですよ」

「二回もですか!?」

　思わず声がひっくり返った。そんな私に、對中氏は「ええ」と頷《うなず》いて、左手の甲をこちらに向けて見せた。

「一度目は足を、二度目はこの手の甲です。マムシの毒は確かに強いのですが、身体に広がりにくいという性質があります。勿論《もちろん》治療は必要ですが、迅速に病院にかかれば、完治には一～二ヶ月かかるものの、大体は数日間の入院で済んでしまうんです」

　確かに見せられた手に、それらしい傷痕《きずあと》すら見つからない。

「ですから恐ろしい蛇ではありますが、マムシの毒で亡くなるというのも、私達蛇屋からしたら、少し違和感のある話なんですよ。だから、事件が気になっていたという訳です」

「まぁ……とはいえ、豊嶋さんはご高齢でしたから」

「そもそも、そのマムシは、どうやって準備したんでしょうか？　マムシの飼育は、法律で禁止されてるんですよ」

「確かに私もそれが気になっていたんです」

　私も調べたが、無許可でのマムシの飼育は、個人の場合は六ヶ月以下の懲役または100万円以下の罰金、法人の場合は五〇〇〇万円以下の罰金に処せられるらしい。

「彼らは危険なので、動物愛護管理法で〝特定動物〟に指定されているんですよ。飼育するには、マイクロチップの埋め込みや、市長の許可が必要なんです」と對中氏が険しい顔で腕を組んだ。

「……とはいえ、〝飼育〟ではなく〝捕獲〟ならば許されていますし、マムシ酒を作るために、一ヶ月やそこら瓶に詰めておくというのも、そう珍しい事ではないのが現実でしょうね」

「一ヶ月も？」

「ええ。身体の中やダニ等を綺麗《きれい》にする為に、数週間から一ヶ月ほど、水を入れた瓶に浸してから作るんです」

一ヶ月エサも与えずに水につけておいても、マムシは生きているというから、その生命力はすさまじい。

想像するだけで寒気を覚えるが、その恐ろしいまでの生命力、昔から民間療法として愛されているのもわかる。

「忘れて半年や一年後に、水につけておいた瓶を開けたら、まだ生きていて噛まれてしまった、なんて話を聞くほどです」

「そ……そんなに？」

「はい。ですが『飼育』となると容易ではありません。そしてなにより、マムシを操るというのはね……」

對中氏はまた首を傾げた。

「そこなんですよ。蛇をそんな風に躾《しつ》けることは可能なのか、可能であればどのくらい時間がかかるのか知りたいんです。九条さんも自分がマムシに襲われるリスクを冒して、なぜそんな事をしたのかと」

「………」

對中氏は、私の質問に腕を組んだまま、うーんと低く唸《うな》った。

そして、少し待って下さい、と言って部屋を出て行くと、しばらくして小さな水槽と共に戻ってきた。

「離れていて下さって結構です」

と、彼は水槽の中に手を差し入れる。

やがて引き出された手に、クリスマスの杖形キャンディ《キャンディケイン》に似た、鮮やかな赤と白のシマシマが巻き付いている。

勿論、それ以上直視できる筈《はず》もなく、私は固く両目を瞑《つぶ》った。

「これは私の飼育している個体の中で、最も人慣れしたコーンスネークです。北海道で最も親しまれているアオダイショウとは、同じナメラ属の近似種で、とても温厚な気質をしています」

「つまり、毒のない蛇という事ですか」

「はい。毒もなく、温厚なことから、飼育初心者向けと言われています。この子は私が繁殖し、卵の頃から育てていますが、私の気配を察してこちらに寄ってくるほど、ベタ慣れした個体なんです——ですが、それでも餌と間違えて、私に噛みついてくることがあります」

「だ、大丈夫なんですか？　毒がなくても、感染症とか……」

「きちんと消毒して、手当をすれば平気です、痛いですが」

でもそれよりも、噛んだ蛇の方が、口内などを傷つけないか心配だという。

まったく蛇に対して、仏のような人だ。

「だからこの子ですら、絶対に安全とは言えません。それにね、八鍬さん。私はね、幼い頃に読んだ『まだらの紐』で蛇に興味を持って、以来彼らと共に生きてきたのですが、まず一つ言えるのは、『蛇は懐かない』という事です」

「懐かない？」

「はい。飼育者を害がない存在と判断、学習し、慣れる事はあります。けれど馴《な》れるのではありません。蛇が親しみを持って、私を愛してくれることはないんですよ。この子にとって私は、ただ害のない餌出しマシーンです」

そう對中氏はあっさり言って、もういいですよ、と言った。

おそるおそる目を開くと、杖形キャンディはどうやら水槽に戻されたようだった。

「エジプトで彼らは神です。アステカでも、北欧でも、そして日本でも。人は蛇という存在に、畏怖《いふ》される存在です。彼らはけして、人類の友人でも、使役されるものでもないのです」

確かに聖書でも、エデンの園でイブを誘惑し、禁断の果実を食べさせたのは蛇だ。

「つまり……蛇を躾けて祖父を殺す、という事自体が容易ではないと、そういう事ですか？」

思わず身を乗り出すと、對中氏はゆっくりと頷いてみせた。その眉間《みけん》に深い皺《しわ》を刻んで。

「『まだらの紐』では、蛇をミルクで餌付《えづ》けしていましたが、蛇がミルクを喜ぶというのは、少なくとも私には経験がありません。一部に昆虫食性のものもおりますが、彼らは原則肉食です」

マウス等の餌付けも、蛇によってはもしかしたら不可能ではないかもしれませんが……と前置きをしたものの、蛇というのはそもそも『食餌』させる事が簡単な生き物ではないのだと、對中氏は言った。

「ちょっとした温度や環境の変化に敏感ですし、そもそも餌は多くても週数回、月に数回や、半年間絶食なんてこともあり得るんです。そんな間隔で、果たして調教効果があるでしょうか」

与えようとしても食べない蛇、食べても気温や環境の変化で、すぐに吐き戻してしまう蛇――蛇は食事をするせいで、死んでしまう事すらあるのだそうだ。

仔犬《こいぬ》のように、うまく出来たからと小さなおやつを与えるような事はできないし、そもそも餌で釣り、反復して特定の行動を覚えさせるような給餌が可能な生き物ではない。

食べないで死ぬだけでなく、食べるだけで死ぬこと、食べる事すら拒否するとは、蛇とはなんと生き難《にく》い生物なのか。

「確かに学習能力がないとは思いません。自力では食べず、強制給餌を行っていた個体も、半年や一年くらいすると自分から餌を食べるようになる事が多いです。これは食餌に、そして私に害がない事を確実に学習しているからだと思います――ですが、そういうレベルです」

「じゃあやはり、祖父をかみ殺すように、少女Aがマムシを躾けるのは、限りなく不可能に近いと、そう思われますか？」

「はい。実は私も二度ほど、勿論許可を得た上で、マムシを飼育したことはあるんです。元々野生だった事もあり、食餌に随分難がありました。個体差はあるにせよ、毒をもつという点を除いたとしても、彼らはけして飼いやすい蛇ではありません」

だから彼女が蛇を自分の意思で操ったというのは、眉唾《まゆつば》だという事か――確かに私もその点に、疑問があったからここに来たとは言え、そこまで難しい事だとは、正直思っていなかった。

「勿論机の中に仕込むとか……不可能ではないとは思いますが、相手は生き物です。思ったようには動かないでしょうし、毒蛇は準備をした少女にもリスクがあります。なにより、少なくとも確実な方法とは言えないでしょうね」

「私は彼らと安全に暮らすために、家まで建てたんですよ？」と對中氏が苦笑いしたのは尤《もっと》もだ。

逃げた蛇を捜すのが、大蛇であっても困難なのは、各地のニュースからも知る事が出来るし、人間の方が妥協し、合わせていくしかない生きものなのだろう。

「……とはいえ、マムシの毒で豊嶋さんが亡くなった事は、事実なんですよね？」

「はい」

と、私は頷《うなず》いた。

警察は少女Aの自供を受けて豊嶋家を捜索し、実際見つかった一匹のマムシの毒を検査にかけ、豊嶋さんのご遺体から検出された毒と、相違ないものと確認済みなのだ。

「ですが、直接の死因はマムシの毒による、急激な血圧降下が原因の転倒なんだそうです」

豊嶋氏はベッドから起き上がろうとして、そのまま転倒し、すぐ横にあった机の角に頭を打ってしまったのだ。

「もしかしたら……ご本人は噛《か》まれた時に自覚がなかったのかもしれませんね」

「そうなんですか？」

「毒がどのくらい体内に入ったか、等にもよりますが、噛まれて直ちに血圧が下がるような状況には、あまりならないと思います」

「気がつかない……なんて事もありますかね？」

蛇に噛まれているのに、わからないなんてそんな事はあるだろうか？

「噛まれ方によっては、虫刺されのような傷が一つ……なんて場合もありますし、なくはないですが……やはり嚙まれた時の状況がよくわからないですね」

　少女Aはどうやって、マムシに祖父を嚙ませたか、だ。

「ただマムシの入手方法はわかっています。警察の話では、豊嶋さんはどうやら昔から蛇を飼っていたそうです」

　豊嶋さんがどこからマムシを手に入れたかはわからないが、そもそも彼の家のある地区は自然も多く、マムシの生息地帯が、住宅街からもそう遠くない。

「実際現場にも、確かに蛇を飼育していたと思《おぼ》しき水槽が」

　そう言って、私は對中氏に入手していた現場の写真を見せた。

　場所は豊嶋さんの寝室兼書斎といった所だろうか、ベッドの向かい側の棚に、逃げたマムシが飼われていたと思しき、主《あるじ》なき水槽が置かれている――が、それを見て對中氏の表情が急速に曇った。

「……これが、ですか？」

「え？」

「蛇の理想的なケージの大きさは、全長の$\frac{2}{3}$、とぐろを巻いたとき、身体の三倍あるのがベターと言われています。これは……マムシの飼育には随分大きいですね」

　確かにその水槽は小さくなかった。

　ビバリウムのような凝ったレイアウトではなく、ペットシートのようなものと、深めの保存容器、真ん中に止まり木のような木の枝が置かれているだけだったが、ぱっと見

1m以上はありそうだ。

「大きいと支障があるものですか」

「そうですね……大きくても隠れるシェルターがあればいいんですが……私の感覚では、横幅120cm×奥行き45cmのケージは、少なくとも2mを超える蛇用の水槽です」

そう言って對中氏は、取り出したタブレットで、一本の動画を再生した。

「見て下さい」

「え、嫌です」

「怖くないから！　蛇はほとんど見えないから！」

「嫌です!!」

「ほんと見えないから！　大丈夫だから！」

咄嗟《とっさ》に拒否してしまった私を言いくるめ、對中氏はタブレットを私の顔面に突きつけた。

おそるおそる片目を開ける。

「いいですか？　これが旭山《あさひやま》動物園のニホンマムシのケージです――何か気がつくことがありませんか？」

それは、できるだけ動物本来の生態を学ぶための、行動展示を心がけている旭山動物園らしい、自然を模した展示だった。

「岩場……と水辺だけなんですね」

それはごく自然に似た、ごつごつした岩場と池で構成されている。なんとなく蛇は緑地にいるイメージがあったのだが。

でも岩が重ねられ、適度に隠れる場所があるせいか、對中氏の言う通り、動画の中に蛇の姿は見当たらない。私はほっと息を吐いた。

「ニホンマムシは幅広い生息環境に対応していますが、非常に臆病《おくびょう》な蛇なんです。ですから、こんな風に岩の隙間など、身を隠す場所がないと確実にストレスになります――実際、この動画では、どこにマムシがいるかわからないでしょう?」

「確かに……」

「そして豊嶋さんのこの水槽は、太い止まり木と水入れはありますが、隠れる場所は見当たりません。マムシに限らず、蛇は体がぴったりと収まる大きさの空間に安心するんですが、この水槽にはそれがない」

マムシは比較的小さな蛇なのだという。六十センチを超える個体で、對中氏は大きいな、と感じるそうだし、どんなに大きくても1mは超えないそうだ。

「とくにこの水入れですね。これは通常とぐろをまいた時、ぴったりと身体が収まるサイズが好まれます」とそこまで言って、對中氏は改めて低く唸《うな》った。

「……八鍬さん、これはちょっと大変ですよ」

「え?」

「私はどう見ても、この水槽がマムシを飼育していたものには見えません」

「これは所謂《いわゆる》、『大蛇』の飼育環境とお見受けします」

「だ……大蛇？」

常に口元に微笑を湛《たた》えていた對中氏が、ひどく真面目な表情で言ったので、私はぞわっと恐怖に寒気を覚えた。

「警察が何も言っていないという事は、おそらく彼は特定動物飼養・保管許可申請を出していないのでしょう。無許可という可能性もありますが、もしかしたら許可の必要の無い種類の大蛇を飼育していたかもしれません」

「許可の必要がない大蛇もいるんですか」

「そうですね、たとえばキイロアナコンダや――でもこの水入れのサイズから言って、そこまで大きくないでしょう。おそらくですが、体長2m前後のカーペットパイソンあたりではないかな」

確かにこれまでの話を聞くと、2m前後の蛇というのは納得がいくが――既に蛇が死んでいて、いつまでも水槽だけ置きっぱなしという事はないのだろうか？

「ないとはいいませんけれど、この保存容器。これは水入れでしょう。まだ水が入っている。蛇がいないのに水を入れておく必要はないでしょうし、そのまま放置したとしても、何日かすれば干上がっているでしょう」

「と、いうと？」

それは確かにそうだ。私は思わず言葉を失った。

「……そ……それは、国内の蛇ではないですよね？　危険な蛇なんですか？」

「いいえ、毒もありませんし、申請もいらない比較的温厚な性格なので、人気がありま
す――ですが、そうはいっても大蛇です。牙《きば》は鋭く、噛みつかれる可能性が絶対にない
とは言い切れません」

でも写真の中のその水槽に、蛇の姿は見当たらないのだ。しかも水槽の上部の蓋《ふた》は、
よく見るとズレて開いているのだ。

「加害少女は……祖父を殺したマムシは、家の外に逃げたと証言していますが、もしか
したらこの蛇も……？」

実際、豊嶋さんを噛んだマムシは、ベランダの鉢植えの陰に隠れていたらしい。

マムシだけでなく、祖父の飼育していた大蛇まで、もしかしたら彼女は庭に放ってし
まったのかもしれない。

「急いで捜した方が良さそうですね……は虫類の販売は対面が義務づけられています。
ひとまず札幌のショップに訊《たず》ねてみてはどうでしょうか？　豊嶋さんが自分で繁殖した
個体でなければ、どんな蛇を飼育していたか、履歴でわかるかと思います」

「蛇のショップに……」

その必要がある事はわかったが、私の顔がみるみる引きつってしまう。

「あとは可能ならご遺族から、蛇について伺った方が宜《よろ》しいかと――それにしても、記
者さんとはいえ、そんなに苦手な蛇の事件にどうして関わられるんですか？」

そこまで言うと對中氏は、私の顔を見て苦笑いを浮かべた。

「それは……勿論《もちろん》、苦手だからですよ」

そう私は答えた。

「このまま事件を見ない振りしたら、蛇と一緒に少女のことも思い出す気がしたんです」

人生が少女Aとその祖父にとって、やり直しのきかない一度きりなのと同じように、私の人生も一度きりだ。

私の説明で納得したのかどうかわからないが、對中氏は成程、と呟《つぶや》いた後、私の肩をぽんと叩《たた》いた。

「大丈夫。乗りかかった舟です。私もちゃんと協力しますよ」

對中氏はそう言って微笑むと、早速札幌では虫類を扱うショップのリストを作り始めた。

福々しい見た目に違《たが》わず、親切で優しい人だ。とても頼もしい。

私も作業を開始しながら、けれどその前に、對中氏を紹介してくれた九条櫻子に、改めて感謝のメールを送った。

だのに彼女はサムズアップの絵文字を、ポンとそっけなく一つ送って返してきただけだった。

■肆

對中氏の知識もさることながら、彼の人柄のお陰もあるのだろうか。

札幌市内の販売店やブリーダーは、ほとんどが對中氏と面識があるらしく、そして対応も親切で、友好的だった。

そのうち一カ所で、豊嶋さんと付き合いがあったらしい、一軒のショップに行き着いた。店主の中村《なかむら》さんは對中氏からの電話に、落胆の様子を隠さなかった。

『マムシを無許可で飼育していたかもしれないという報道もショックな話でしたが……彼はスノーカーペットパイソンを飼育しているはずです。ご遺族が世話をしてくれていると思っていたのですが……』

「まだわかりませんが、現場の水槽は空でした。やはり少女Aが逃がしてしまった可能性が出てきましたね」

電話をスピーカーにし、私にも聞こえるようにして、そう對中氏は残念そうに言う。

店主も大きな溜息《ためいき》を洩《も》らした。

『もし逃げたとなると、このまま放置するわけにはいきませんね』

もし本当に豊嶋宅に蛇の姿がないなら、明日《あした》人を集めて周辺を捜索しようと言って、店主は電話を切った。

「やっぱり……大蛇はそんなに危険なんですね」

それだけじゃないんですよ、と對中氏はホクロを歪《ゆが》めて眉《まゆ》を顰《ひそ》める。

「人やペット等が怪我をする事故も心配ですが、これからの季節は民家の屋根裏などで隠れて、そのまま高温のために死んでしまうこともあり得ます。大蛇が放つ腐敗臭は、かなりのものですよ」

「それは……」

確かに2mもあるような生物が、屋根裏で腐敗するのは大変な状況だ。豊嶋家の屋根裏であってもその後が大変だとも思うが、それが隣家など近隣の屋根裏だったりしたら、更に被害が広がることになる。

本当に蛇は逃げたのか、それともその前に死んだのか。

遺族も状況を把握していない可能性だってある。せめて大蛇がどうなったのか、その確認だけでもしなければ。

遺族がマスコミの取材に、一切応じないというのは聞いているし、既に一度空振りしていたが、今は少し状況が違う。

この上もし大蛇が逃げて、誰かに、どこかに被害が出たら、遺族としても困るだろう。

對中氏の尽力に報いるためにも、私は持てる人脈を駆使して、なんとか遺族に通話の機会を取り付けた。

応じてくれたのは、少女Aの母親である吉沢《よしざわ》みさ恵《え》さんだった。

開口一番、吉沢さんは『娘の件について、お話しできることはなにもありません』と機械的に言った。

何度も繰り返しているのか、弱々しくも淀《よど》みなく、にべもない。いや、にべもないというよりは、雑音をもうシャットアウトしているのか、言語として届いていないようにも感じた。

そうするように、実の父親から言われているのかもしれないが。

「今日は娘さんの事ではないんです。亡くなられたお父様は、マムシだけではなく大蛇を飼われていたようなのですが、事件の後にそれが逃げたのかもしれません」

『…………』

沈黙が返って来た。

もしかしたら、もうスマホの先に吉沢さんがいないのかもしれない、とも思ったけれど、耳をすますと微《かす》かな息が——溜息が聞こえた。

「勿論ご遺族で引き取られているのであれば安心ですが、もし逃げていたら、場合によってはもう一度警察に通報し、大がかりな捜索をしなければならなくなると思います」

『……え？』

「温厚な蛇とはいえ、２mを超える大蛇です。何か事故が起きたとしたら、更に大きな騒ぎになってしまうでしょう」

『そ、そんな……大きな蛇の事なんて聞いた事がありません……そもそも私とはほとんど交流のなかった人なんです。毒蛇を飼っていた事だって、あの子の事で初めて知ったんですよ!?』

と、初めて吉沢さんの、感情らしい感情が返ってきた。

その動揺につけ込むのは些《いささ》か気が引けなくもないが、私は大蛇に人が襲われるかもしれないこと、死骸《しがい》が腐敗して大変な事になるかもしれない事を、少しオーバーなくらいに伝えた。

とはいえ全て本当の事だ。

『突然そんな事を言われても、本当に困ります。お父様、と言っても、離婚した元夫の父です。私には赤の他人なんです』

それは本当に無関係な他人という口ぶりだった。娘が殺した相手だというのに、罪悪感すら覚えていないように。

「では、他に対応出来る方はいらっしゃいますか？」

『知りません。義母は随分前に亡くなっていますし、元夫ともう何年も連絡がついていないんです。娘の事があるとはいえ……元々親しい相手ではないんです。何故そんな事まで、私が責任を取らなければならないんでしょうか!?』

やがて憔悴《しょうすい》したか細い声が、怒気を孕《はら》んで激しくなった。

それは貴方《あなた》のお嬢さんが、豊嶋さんを殺害したから――という言葉が一瞬頭を過《よぎ》ったが、同時に思った。

母親は、何を何処まで償わなければならないのだろうか。

子の罪は、親の罪なのだろうか？

少なくとも吉沢さんの口ぶりから、豊嶋さんとの関係性が良くなかったことは見える。

一方的な憎悪も存在するとはいえ、憎まれるには大抵理由がある——だからといって、殺意は肯定できないが。

「貴方に全ての責任があると、そういう意味ではありません。ですが——今回大蛇を逃がしたのは、お嬢さんかもしれないんです。さらなる被害は吉沢さんとしても由々しい事態だと思うのですが」

『……また騒ぎになるって言いたいのね』

吉沢さんが、深い溜息と共に吐き出した。

「はい。ですから、出来る事なら未然に防ぎたいと思いました」

『…………』

そう答えると、吉沢さんは一瞬黙った。

『マスコミの方なら……むしろ事件は起きた方が嬉《うれ》しいんじゃないですか？』

不意にトゲがある言葉が返ってきた。気分が悪くなるより、彼女の中にトゲを植え付けた人間が、幾人もいたのだろうという事に胸が痛んだ。

「起きる可能性のある事故を、黙ってそのまま見過ごすのは、人として正しい行為とは思えませんから」

『……』

彼女はまた少し黙った。

『……そんな風に言われたら、私も知らないフリは出来ないじゃない……』

やがてそう呟《つぶや》くと、吉沢さんはもう一度深く溜息をつき、諦《あきら》めたように私に『何をすればいいの？』と問うた。

「まず確認させていただきたいのは、豊嶋さんの蛇の飼育状況と、直前まで飼育していた大蛇の所在です」

そもそも、どうして私達が大蛇の行方を危惧《きぐ》しているのか、豊嶋さんがどんな蛇を飼っていたのか、對中氏や中村店長の、専門家の話を伝えた。

カーペットパイソンは温厚とはいえ、絶対に人を襲わないとは言えないし、２ｍの大蛇だ。小動物、猫や子犬はおろか、赤ん坊なら丸呑《まるの》みにしてしまう可能性はある。

蛇はそもそも食餌の間隔が長い。豊嶋さんが亡くなって、今日で丁度一週間。逃げているのだとしたら、比較的気温の上がってきた今、生きている可能性は高い。

メモを見ながら説明しているうちに、気分が悪くなってきた。

おそらく残りの人生を全て足しても、今日ほど『蛇』という単語を口にする日はないだろう。

でも、それでも伝えないわけにはいかない。

願わくは、蛇は逃げたのではなく、他の誰かに譲渡されたり、別の親族等が世話を代わっている状況なら良いのだが……。

『残念ですが、私は何も知りません。本当に知らないんです。勿論《もちろん》うちで引き取ってもいませんし……ただ他に、引き取る人がいるとも思えません』

けれど吉沢さんは、困ったようにそう答えた。

事件の後に、何度か豊嶋家に入っているが、少なくとも蛇を見かけたことはないし、『別の親族等』は、吉沢さんが知る限り存在しない。

「では、豊嶋さんの家の中で、それらしい痕跡《こんせき》を見かけたことは？」

『そう言われても、そのそれらしい痕跡というのが、まずわかりません……』

電話越しの吉沢さんは、嘘で誤魔化しているという事ではなく、本当にわからなくて困惑している声で言った。

でも確かに、じゃあお前ならわかるのか？　と聞かれたら、多分答えはNOだ。自分で言っておきながら、その「それらしい痕跡」は、私にもわからない。

なんと伝えようか……ソファの向かい側で、タブレットを操作していた對中氏に、説明を仰ごうとした時、吉沢さんが口を開いた。

『――いらっしゃいますか？』

「え？」

『ですから……そういう事でしたら、豊嶋家を、直接調べて下さっても構いません。丁度明日《あした》行くつもりでしたから』

「本当ですか？」

『ですが、それで娘の事で、悪い記事を書くようなことだけはしないでください。あの子がなんと言おうと、私は娘は無実だと信じていますから』

「…………」

今度は私が沈黙する番だった。

『約束してくださらないなら、このお話はなかったことにしてください』

そう苛立《いらだ》ったように吉沢さんが言った。けれど、ここで嘘はつけない。

「……約束はできません」

「吉沢さんにとって都合の悪い内容だとしても、それを書かなければならないと判断した時は、記事にするのが私の仕事です」

『融通の利かない人なのね』

「それは時と場合によります。ただ――今のところ、今回の逃げた蛇の事なども、記事にする予定はありません」

『……本当に？』

「はい。その代わり、お嬢さんの件で何か動きがあった場合……或《ある》いは吉沢さん自身が何かを発信したいと思った場合は、是非えぞ新聞にお願いしたいです」

途端に、また吉沢さんは溜息《ためいき》をついた。それは呆《あき》れや失望を含んでいた。

『……そう、そういう事なの。つまり交換条件という事ね』

「少し違います……貴方に信頼していただきたいだけです」

『信頼？』

「はい。その上で、お話を伺わせていただきたいと思っています——が、それよりも今はとにかく、大蛇のことが最優先だと思います」

結局の所、吉沢さんに用意された選択肢は多くはない。

しかも、どれも彼女にとっては選びたくない物ばかりだろう。

でも、それでもより最低な結果を避けるために、どれかは選ばなければならないと、彼女もよくわかっているようで、吉沢さんはもう何度目かわからない溜息を深く吐き出した。

『わかりました。でも午前中だけです。それで宜《よろ》しければ明日の午前九時に、豊嶋家にいらしてください』

そう言って吉沢さんは、そっけなく電話を切った。

まずは一歩前進した。

「お疲れ様です」

ほう、と、緊張を解くように息を吐くと、對中氏が熱い紅茶を淹《い》れてくれた。

「どうも」

「明日の九時ですか。勿論私も同席させてください」

今、その事を改めてお願いしなければと、そう思っていた。

「……一緒に札幌まで来ていただけるんですか？」

「はい。専門家が必要でしょう？　それに、大蛇を見つけても、貴方《あなた》は何も出来ないでしょう」

「実はそれを危惧していました」

「そうでしょうとも」

ははは、と声を上げて對中氏が笑う。思わず私が苦笑いを浮かべると、彼は「心配しなくていいですよ」と優しく言った。頼もしい人だ。

「そうだ。ちなみにこれが店長が送ってくださった、カーペットパイソン、スノーと呼ばれる種類です。販売前の画像なのでまだ小さいですが、やはり今はおそらく2m近いサイズに――」

だのに、彼はタブレットを取り上げ、私に逃げたと思《おぼ》しき大蛇の画像を見せた。

小さい……というには大きい、大きすぎる。どろんとぬめぬめ、白っぽい巨大な蛇――

――そうだ、ご遺体の皮膚の色に似ていると思った。

「……八鍬さん？」

「……おぇ」

「八鍬さん!?」

喉《のど》の奥からこみ上げてきた胃液を、咄嗟《とっさ》に對中氏が差し出してくれたゴミ箱にぶちまけてしまった。

「すみません八鍬さん、そこまで、そこまでとは！」

慌てる對中氏に、こちらこそ申し訳ないと思いつつ――彼が仏なのか、それとも鬼なのかわからなくなって、福々しい額のホクロを睨《にら》んでしまった。

■伍

對中氏は飼育している蛇たちの世話もあり、私も他にも仕事があったので、ひとまず旭川市内にホテルをとった。

今日中に移動するには、少々疲労していたからだ。

それなら早々にホテルに引きこもって、明日朝早くに札幌に向かうことにした。

夕食はまた結局セコマで済ませた。

二食続けてセコマはどうだ？　と我ながら思わなくもないけれど、まあある事だし、なんなら明日の朝ご飯用に、チョコクロワッサンも買ってしまったから、実質三食連続だ。

昼は軽かったので、夕食はカロリーを奮発してカツカレーにした。

午後十時近くに摂取するには猟奇的な九五〇カロリー超え。

サラサラのルーは、微《かす》かなガーリックとトマトの風味と酸味、スパイスを感じるものの、いつも最初の一口目は、ちょっと物足りないような気がする。

けれど、しっかりとボリュームのあるカツと食べると丁度良い。

普段圧倒的エースであるカツ丼を支えているカツは、カレーでもその風格を失わない。

あくまでこれは『カツカレー』であって、カツが存在する事で完成するカレーなのだ。

家で食べるカレーよりは『よその味』だけれど、洋食店や専門店のようには本格的ではない。

牛丼屋のカレーよりはもう数歩家に帰ってきたような、お散歩程度のほどよい距離感。

毎日食べたい程熱狂的になれるとは言わないが、定期的に恋しくなる味だ。

私はカツがカレーでひたひた、衣しなしなが好きなので、いつもご飯だけ余ってしまうが、その分100円惣菜《そうざい》の煮玉子も買うので問題はない。

黄身まで味の染みた、真ん中ほくほくハードボイルドな煮玉子は、やや甘めの醤油《しょうゆ》味で、ご飯が進むしほっとする。

全てしっかり完食して、私は明日に備えた。

こういう時、アルコールの力が借りられたのなら、寝付きも早く、陰鬱《いんうつ》な気持ちにならないで済むのだろうが、私は下戸だ。

結局自分の機嫌は、自分自身でとらなければならないものなのだ。

絶対に悪夢を見ると思ったし、実際そうではあったけれど、翌朝は幸い起きてすぐに夢の内容を忘れてしまったので良しとする。

チョコクロワッサンを無糖の紅茶で流し込み、早々とチェックアウトして、旭川駅前で對中氏と待ち合わせた。

彼は蛇捕獲用のかごや、用心の為の金属製の手袋なども準備してくれていた。

「家の中に潜んでいたら良いんですが、それはそれで見つかるかどうかが難しいですね。蛇は排泄物《はいせつ》がかなり臭うんですが、カーペットパイソンはびっくりするほど臭くないんですよ。しかも二週間以上しない事も珍しくはないんです」

だから、とても手のかからない子なんですが……と對中氏が溜息を洩《も》らした。まぁ……『良い子』である事が裏目に出てしまうのも、残念ながらよくある事だ。

今日も天気は悪くなかった。

ピーカン晴れとまでは行かないが、雲の隙間から青空が覗《のぞ》く、心地よい天気だ。

約束は午前九時。

豊嶋さんの家は札幌市清田《きよた》区の、小高い坂の上にあった。

時間よりも少し早めについたので、對中氏は軽く周辺の散策をしていた。

坂の途中の排水溝を熱心に覗いているので、何かと思えば蛇はそういう所を好むらしい——これからは排水溝に近づいたり、覗いたりしないでおこうと心に誓った。

緩やかな坂だったが、上り下りした對中氏の息が上がっている。

「大丈夫ですか？」

「普段、あまり、家から出ないので」

「あそこは蛇だけでなく、對中さんの水槽なんですね」

ふふと笑うと、彼は苦笑いで頷《うなず》いた。

「言い得て妙ですね。でも確かにこう見えて、実は蛇たちと同じく人見知りなんですよ」

「對中さんがですか？」

それは意外だ。そんな風には少しも見えないが。

「それにしても、この辺りは自然が多いんですね」

「そうですね。札幌の中でもまだ開かれて新しい街ですから」

「この辺りなら、少し山に入れば確かにマムシはいるでしょう――さっきも排水溝の中に、アオダイショウが一匹隠れていましたよ」

嬉《うれ》しそうに對中氏が言ったので、私の顔が引きつった。もう絶対に近づかない。

そんな話をしていると、一台の軽自動車が坂を上がってきた。

やがて車は豊嶋家の前に止った。中から降りてきた、ほっそりとした女性――が、少女Aの母、吉沢さんだろう。

「すみません、道が混んでいて……」

そう弁解してくれたものの、約束の時間よりも十分程遅いのが、彼女の拒絶を表している気がした。

豊嶋家は数年前の地震で被害が大きく、その際リフォームをしたという。

外壁もまだ新しく、とても綺麗《きれい》な二階建ての住宅だった。

吉沢さんもリノォームした話は聞いていたけれど、事件後に訪れて驚いたという。

「ではずっとお嬢様だけで、お義父《とう》様のところに通われていたと言う事でしょうか？」

少し驚いた。地震からはもうしばらく経っている。

「そうですね……通い出したのはここ一年くらいです。実は私の再婚相手とそりが合わなくて。再婚後にここに逃げ込むようになりました」

再婚相手は元々、少女Aが通っていた塾の講師だという。

その職業柄もあってか教育熱心で、少女Aにとっては新しい父というより、家の中にまで先生がいるような、そういう息苦しさがあったのだろう。

思春期だからこその反抗もわからないでもないし、少しずつでも打ち解けていって欲しい――と、だからこそうるさく言って、祖父のところに逃げる事を禁じなかったのだと、吉沢さんは言いにくそうに話してから、しばらく口を噤《つぐ》んでしまった。

余計な事まで話したと、そう気がついてしまったようだった。

室内に入ると、物はそう多くなく、リビングでぱっと目を惹《ひ》くのは本だった。

あまり室内を飾るようなものも目につかない。家族写真のようなものもいっさいなかった。「お孫さんに纏《まつ》わるものはなにもないんですね」

「でしょうね」

吉沢さんが口角を上げて嗤《わら》った。

「先に亡くなった義母は、夫の事は可愛がっていましたけれど、私の事が大嫌いで。そのせいか、孫の誕生日ですら祝ったことのない人でした。そもそも男の子以外欲しくなかったんですって」

吉沢さんが、忌々しげに吐き捨てた。黙っていられなかったのだろう。

「……とはいえ、義父はそこまでではなかったと思います。もうちょっと……無関心というか」

そう言ってから、吉沢さんは少し言葉を選ぶように本棚を見た。

歴史小説と古典作品が中心に並んでいる。

「なんというか、よく言えば趣味人、悪く言えば自分の事だけ……という人なんです。だからこそ迷惑だったらそう言ってきたでしょうから、娘と義父の仲がそう悪かったとは、私も思ってはいないんです」

孫だからといって、世話を焼いてくれる人でもないし、社交的な人でもない。

それでも少女Aがここに来ていたという事は、少なくとも彼にとって不愉快な事ではなかったのだろう。

「娘にとっては、義父の無関心さが良いのだろうと思っていました。それに二人とも、

「趣味が読書なんです」

「趣味が共通というのは、確かに会話の糸口になりますね」

祖父と孫――といえるほど、距離は近くなかったかもしれないが、本という共通点が、二人を繋《つな》いだのか。

比較的硬めの本が並ぶ中、本棚の中段にだけ、まだ新しい最近の話題作や、少年少女向けの本が並んでいる。

おそらくこの一角が、少女の本棚か。

少なくとも、確かにここは少女Aにとって『居場所』だったのだろうと、私も思った。

「……でも、実際はこんな事になってしまったんですから、二人は私が思っていたような関係じゃなかったんでしょうね」

そう言って吉沢さんは、頭を抱えるようにして、リビングのソファに腰を下ろした。

ローテーブルには、カバーのかかった読みかけの文庫本と、少女の食べかけと思《おぼ》しき、チョコレート菓子の小さな箱が残されている。

不意にその光景に、私は少し違和感を覚えた。

まるで日常の瞬間を切り取ったように見えたからだ。

それはあまりに『普通』過ぎて、少女が祖父を殺す前後の行動には見えない気がした。

とはいえ、緊張やショックから、あえて日常的な行動を選んだとも考えられるし、もしかしたら少女ではなく、亡くなった豊嶋さんが残したお菓子かもしれない。

カバーの下のタイトルはなんだろう――そう思って、手に取る許可を取ろうと吉沢さんを見ると、彼女はソファの上で、うずくまるように顔を覆っていた。

「再婚した夫は……娘の勉強についても熱心だし、あの子に毎日積極的に声をかけてくれていて。家事にも積極的で、一生懸命家族になろうとしていたんです。でも……」

「年頃の娘さんには、それが逆に負担だったという事なんでしょうか」

と、それまで話を聞いていた對中氏が言った。

「お父様もお嬢さんも、そういう一定の距離感が好ましい方なのかもしれないですね。蛇も懐いて甘える生き物ではありませんから」

「娘を蛇なんかと一緒にしないでください！」

そう続けた對中氏に、吉沢さんは咄嗟《とっさ》に顔を上げ、語気を強めた。

「確かにあの子は、小さな頃から親の手を煩わせない子でした」

母親の膝《ひざ》に甘えるよりも、一人で絵本を広げたり、お絵かきをしたり、とにかく一人遊びの得意な子だったんです……と吉沢さんは続けた。

「でもそれは……実の父親は子供に愛情もなく、父方の祖父母は無関心、そして私の両親も別れた夫の事が大嫌いで、そのせいか孫の事も好いていなくて。そんなまわりのせいで、あの子はきっと大人に甘える事が出来なかったんです」

本当にそれが原因なのか、本人の気質のようなものなのかは別として、娘を悪くは思いたくない母親の気持ちと、そして吉沢さんが周囲に不満を抱いていた事はわかった。

そして少女Aの生活環境が、母親の再婚で変わったであろうことも。

「義父は今時携帯電話すら持たないような偏屈な人でしたが、でも害悪的な人とまでは思っていませんでした。それなのに……やっぱり間違いだったんです。あの子はこんな所に通うべきじゃなかったんです」

吉沢さんは心底後悔しているというように、喉《のど》の奥から声を絞り出す。

その瞳《ひとみ》から、大粒の涙がぼろぼろとあふれ出した。

「あの子は優しいいい子です。本当にあの子が義父を殺してしまったのであれば、原因は義父にあるに決まっています……ああ本当に、どうしてこんな事に。やっと幸せになれると思ったのに……」

再婚して、これで全ての苦労が報われると、そう思っていた——吉沢さんは顔を覆って嗚咽《おえつ》を堪《こら》える。

「お一人でお嬢さんを育てられた苦労は……察するに余りあります」

けれどそう私が言うと、彼女は我慢が出来なくなったように、泣き声を上げた。

親の苦労は、得てして子供に理解されない事もある。

愛情さえあれば、全ての問題が解決するわけではない。

一生懸命であれば、誰しもが理解してくれる訳でもないし、必ずしも報われる訳でもないのだ。

「事件の後、あの子は一切私と口を利いてくれないんです。警察からも、娘はもう家には戻らないつもりだと、そう聞かされています……でも、私がいったい何をしたって言うんでしょう！」

吉沢さんは泣きながら、娘に対しても抱いている憤りを、おそらく今まで誰にもぶつけられなかったであろう怒りを、怒濤《どとう》のように吐き出した。

話を聞くのも私の大事な仕事だ。カウンセラーではないので、それで彼女の苦痛を取り除く事は出来ないが、でも人は元来理解されたい生き物だ。

蛇の事は對中氏に任せ、私は吉沢さんの話に耳を傾けた。

終始自分は悪くないと言い続ける彼女に、内心疑問を感じない訳ではない。

けれど今、少女Aに繋がるのは彼女なのだ。少女Aは何故この家に逃げ込み、母親を憎み、祖父を殺してしまったのか。

その手がかりを探すため、吉沢さんの感情が高ぶるあまり時折支離滅裂になる話を、根気よく聞き取った。

幸い私と話すことに夢中な吉沢さんは、對中氏に好きなように大蛇を捜して、家の中を見てくれて構わないと言ってくれた。

元夫と連絡がつかないために、吉沢さんが管理しているとはいえ、そもそも自分の家ではなく、他人の、しかも好きでもない人の家なのだから、何をされても構わないのかもしれない。

警察のテープが張られている所以外は入っていいとお墨付きを得て、對中氏が家の様々な隙間を覗《のぞ》いている間、私は吉沢さんの昏《くら》い心を見ていた。

吉沢さんには今回のことで味方になる人が、ほとんどいなかったのだろう。都合の悪いことを書くかもしれないと警戒している私に、思いの丈をぶつけずにはいられないほど、彼女は理解されたかった。

そして言って欲しかったのだ。赤の他人から——貴方《あなた》は、悪くない、と。

貴方は責められるような事はしていないし、実際今までよくやってきた。世間が言うような、『母親失格』なんかじゃないのだと。

そうして、一時間以上、真っ赤な顔で語り尽くした吉沢さんは、やがて電池が切れたように、そろそろ帰らないと、と言った。

時計は午前十一時を少し過ぎた所だ。

對中氏が丁度リビングに戻ってきたので、「大蛇は見つかりましたか？」と問うと、彼はゆっくり首を横に振った。

「おそらく家の中にはいない気がします。周辺の捜索に切り替えた方がいいかと」

對中氏が苦々しく言うと、吉沢さんは「また、こんな事ばっかり」と顔を顰《しか》めた。

「今日一日私達が捜索します。もし見つからなかった時は、やはり警察に相談するべきだとは思いますが、ご心配なく、なんとしてでも見つけ出しますから」

そう對中氏が言うと、吉沢さんは力なく頷《うなず》いた。

本当なら、すぐに警察に通報した方が良いのでは？　とも思うが、結局の所専門家の指示を仰がなければ、警察だけでは見つけるのは容易ではないだろう。

一手間を省いている、と言えなくもない。

ひとまずお互い何か進展があれば、すぐに連絡を取り合うという事で、豊嶋家を出ることにした。

けれど私は、どうしてもローテーブルの上の本が気になっていた。

對中氏が先に玄関に向かう。

「こちら、お嬢様の本ですか？」

「さあ……私はあまり本を読まないので、あの子が何を読んでるかまでは知りません」

「そうなんですか……拝見しても？」

「ええ、どうぞ。もしかしたら義父の本かもしれませんけど」

「そうですね……」

そう言って本を取り上げ、カバーを剝《は》がした。

それは、アーサー・コナン・ドイル著の『シャーロック・ホームズの冒険』だった。

「…………」

丁度開かれていたページは、『技師の親指』という話だった。

まだ冒頭らしい。語り手のワトソンは、一八八九年に結婚したと書かれている――ロンドン中の市民が、切り裂きジャックの存在に震撼《しんかん》した翌年だ。

百三十年経っても、変わらず人は人を殺す。

この本をいつ、どんな気持ちで少女は読んでいたのだろう？　それとも彼女じゃないのだろうか？　祖父か？　それとも別の第三者か——。

「あの……八鍬さん、私、午後から仕事があるんです」

本を手にしたまま立っていると、少し迷惑そうに吉沢さんが言った。慌てて本を閉じて、私は豊嶋家を後にした。

■陸

「それにしてもなんというか……責任転嫁の激しい人ですね」

遠ざかっていく吉沢さんの車を、坂の上から見送りながら、對中氏が少し呆《あき》れたように言った。

「他人行儀というか、当事者意識がないというか……」

「そうですね……」

確かに話を聞いている間、彼女はひたすらに、自分以外の人間を責め続けた。悪いのは常に自分ではなく、自分の周りの人間なのだと。

「でも、誰しも自分に生きやすい生き方を選んで、間違いはないと思いますよ」

「それはまぁ、そうかもしれませんが」

「罪悪感で生きていけなくなるより、他人を恨みながらでも、したたかに生きていける方がいいんじゃないでしょうか」

「そういうものですかね……いやはや、八鍬さんの忍耐力には頭が下がります」

確かに吉沢さんから話を聞くのは、些《いささ》か骨が折れた。とはいえ、犯罪に巻き込まれた人は、なかなか冷静ではいられないものだ。

「お陰で心置きなく、豊嶋家を探索できたんじゃないですか？」

「それは確かに」

本来ここを訪ねてきた目的はそれなのだ。

だからといって私達が解決に携わるのも、おかしいと思わなくもないのだが、このまま放置するわけにも行かなかった。

「それで、どうでしたか？」

「そうですね……やはり現在飼育中の個体は見当たらないものの、大型のフリーザーBOXに、餌用の冷凍大型マウスとラットが保存されていました。アダルトサイズのカーペットパイソンの餌でしょうね」

「……餌はそれだけですか？」

大型マウスがどのくらいの大きさで、マムシがどんな餌を食べるのかは知らないが、ラット……はいくらなんでも大きいだろう。

「そうなんですよ、八鍬さん。私もそこが気になったんです——少なくともフリーザーに、マムシの餌になるようなものは入っていなかったんです」

加えて言うなら、マムシを飼育していたと思《おぼ》しきサイズの飼育ケースも見つからなかったそうだ。

「使用されていない水槽も、比較的大きめでした。部屋に置いてあった本などからも察するに、豊嶋さんはパイソン系の蛇が好きなんでしょう――いや、でもわかりますよ。パイソンはあのぽってりシルエットに加え、なんとも言えない可愛い顔をしていて――」

「あの……どうかそのくらいで」

聞いているだけで、また気持ちが悪くなってきてしまって、私は咄嗟《とっさ》に口元を押さえた。

「でも……じゃあ豊嶋さんは、マムシを飼っていなかったんでしょうか？」

「そこがなんとも言えないんですよね」

と言って、對中氏は腕を組んだ。

「マムシ酒用という事もあり得ますよね……他にマムシを漬けた酒はありませんでしたが、度数の高い焼酎《しょうちゅう》や一升瓶はあったので、作る予定だった可能性はあります」

中村店長の話では、札幌市内、どこにでもマムシが生息しているわけではないものの、このエリアは時々公園などでも目撃されている。

知識さえあれば、捕獲はそう難しくはないらしい。

そしてマムシは、一ヶ月やそこら、餌を与えずに水に漬けていても死にはしない。

冷凍庫に餌や、飼育ケースがないとしてもおかしな事はないのだが……。

「それよりも今心配なのは、やっぱりカーペットパイソンのスノー種の事です。冷蔵庫のチルド室に、解凍されたマウスが入っていました。食べ残しを保存したのではなく、解凍の為に入れていたのではないかと思います」

餌の与え方、解凍の仕方の最善は諸説あって、飼育者それぞれに好むやり方があるそうだが、對中氏も冷蔵庫のチルド室で解凍する派らしい。

栄養が一番損なわれない――という説があるのだそうだ。

「ただ一度解凍したものは、ものすごい勢いで細菌が繁殖してしまうので、食べ残しはすみやかに処分します。少なくとも殺害当日か前日には、餌が必要だったのだと思います」

だとすれば、やはり殺害当日に、少女Aがあの蛇を逃がしたのか――いったい何故？

「中村さんの話ではスノーは餌食いもよく、すくすくと育っていたはずです。ですが元気な個体とはいえ、まだ朝晩の温度差の激しい今は、あまり遠くにはいっていないと思います。とにかく捜しましょう。午後から中村さんもいらっしゃいますから」

その前に腹ごしらえという事になり、近くのラーメン屋に向かった。

正直これから蛇を捜すというのに、食事をしたい気分じゃなかったけれど、對中氏も一緒だから仕方がない。

札幌ラーメンとしても有名な店の味噌《みそ》ラーメンを食べた。

こってり系の味噌と黄色く太いちぢれ麺《めん》。

私は普段細麵であっさりした魚介ベースのラーメンが好きだ。

ラードの油膜に覆われた、こってり札幌味噌ラーメンは少し胸焼けしてしまう——と、思ったけれど、久しぶりに食べるととても美味《おい》しい。

プツン、プツンと弾力がある、歯切れの良い麵に、たっぷりと絡む濃厚味噌スープの旨《うま》み。しゃきしゃきした野菜の食感、とろりとしたチャーシュー——気がついたらあっさりと完食してしまっていた。一杯当たりの満足感の高さは、さすがは名店という所か。

早々に昼食を済ませ、お互い仕事のメールの返信のために、少しティータイムを設けた。確認していると、『進捗《しんちょく》はどうだ？』と面白がるような九条櫻子からのメールが届いていた。

スルーしようとも思ったけれど、実際の所ほとんど進展はない。

私は結果を得るためなら、使う道具にはこだわらない主義だ——だからすぐに返信した。今のこの、結局何一つ確かではなく、答えの見つからない状況を、簡単にまとめて伝えると、相変わらず時差など関係ないのか、数分後に返信が届いた。

『なるほど、それは奇妙な事件だが、物事には骨がある——それが奇妙であればあるほど、そうでなければならない理由があるだろう。

八鍬、君はあんなにも折れやすい肋骨《ろっこつ》が、何故何本もあるか知っているか？　あれは折れやすくする事で、内臓への直接的なダメージをカバーし、同時に本数を増やすことで、何本か折れても、残った骨でカバーする仕組みだ。

ちなみに余談だが、蛇はその細長い身体に内臓を収納しているため、内臓が両対ではなく前後に配置されているんだが、中でも肺は左肺が退化し、主肺である右側だけが機能しており、その分とても長い形状になっている。

また哺乳類《ほにゅうるい》は横隔膜を動かすことで、肺を伸縮させて空気を取り込むのだが、蛇にはその横隔膜がない。

なので彼らは肋骨を開いたり、閉じたりすることで空気を――』

今はそんな蘊蓄《うんちく》に付き合っていられないし、蛇の骨の事など知りたくもない。

しかたないので、さらっと斜め読みにスクロールして、その量に辟易《へきえき》しながらメールを閉じようと決めた――その時、最後の行でふと、指が止った。

『生物とは本来単純だ。

生きる為に生きている。

種を存続させる為だけではない。崇高な意志でもなく、生きる事は本能と衝動だ。

私はそれは人間も同じだと思う。

彼女を突き動かしたものがなんなのか、彼女の生を支える『骨』を見つけたら、自《おの》ずと答えにたどり着くはずだ』

「骨、ね……まったく、それがわかれば苦労しないんですよ」

Nullum《ヌッルム》 magnum《マグヌム》 ingenium《インゲニウム》 sine《シネ》 mixtura《ミクストゥーラー》 dementiae《デーメンティアエ》 fuit《フイト》——狂気を持たない天才はいない。

返信を見て思わず毒づいてしまったが、とはいえ彼女の言葉は一利あると思った。

「……對中さん、蛇って肺が一つしかないんですか？」

目の前でアイスティを飲む對中氏に確認すると、彼はパァアアと瞳《ひとみ》を輝かせて私を見た。「そうなんですよ!!!! 蛇の内臓というのは実に面白く、また機能的に進化していて——」想像の百倍の熱量で返ってきた。

なんだかんだ、九条櫻子の蘊蓄は正確だ。彼女の言葉に嘘はない。

彼女はいつだって物事の本質を、中心を、『骨』を探す。そして今回自分にはまだ、それがなんなのか見えていない。

私にとって大切なのは、多面的な真実だ。

世の中は平面ではなく立体だ。片側から照らしただけでは真実ではない。

影の部分に隠れた真実。

それを探さなければ——たとえそれが善であれ、悪であれ、幸せであれ、不幸であっても。

答えのピースはまだ足りていない。

だから今あるピースをこね回すしかない。今わかっているのは、危険な大蛇が逃げているという事。それを少女Aが逃がしたであろうこと。

逃がしたという事は、それが家に居ると何か彼女にとって都合が悪いのか、それとも誰かに別の罪や厄介ごとを押しつけたいのか——例えば母親に。

少女Aが吉沢さんを避けているのは間違いないし、その関係性はどうやら不安定のようだ。

母親への憎悪で、彼女を傷つけるために犯した罪かもしれない——いや、でも、だからといって何故祖父を毒蛇で殺すのか。

その選択に理由が見つからない。

結局自首をするなら、殺害方法は問わないはずだ。

どうして、マムシでなければならなかったのか。

そもそも、祖父だって何故あっさり毒蛇に嚙《か》まれたりしたのだろう。

「對中さん、例えばマムシの毒を、飲食物に仕込んだりしたらどうなんでしょうか？」

「口腔《こうこう》内に傷がなければ、ほぼ問題はないですね。大量に摂取すればわからないですが、料理に仕込む程度なら、特に問題はないでしょう。マムシの毒は出血毒、成分はタンパク質ですから、血管内に入らなければ、普通に栄養として分解されます」

「そうですか……」

だったらマムシから毒を取り、寝ている祖父の手に、その毒を注射した——なんてのはさすがに無理があるか。

よほど専門知識を備え、蛇を扱い馴《な》れていて、医療技術もあるような人間なら、考えられなくはなさそうだが……犯人は中学生の少女Aなのだ。

そもそもマムシの牙《きば》から毒を採取するのも危険だし、簡単とは思えない。

「……蛇を知れば知るほど、この事件は異質ですね」

ニュースを聞いて對中氏が、興味を惹《ひ》かれたのも頷《うなず》ける。

豊嶋家前に戻ると、程なくして中村店長が知り合い数人と共にやってきた。

店長が募った有志は、午後三時から本格的に集まって、人海戦術によるローラー作戦を予定しているが、まずはちらほら集まった数名で、周囲の探索を行うことになった。

それにしても、謝礼などは用意できないというのに、よく集まってくれるものだ。

「皆さん親切ですね」

「そうですねぇ……は虫類っていうのはどうにも嫌われがちでですね。八鍬さんのような本格的なとまではいかなくとも、蛇が恐ろしいという人も少なくはありません。マイノリティの宿命でしょうかね。色々と肩身が狭いんですよ」

と、對中氏は苦笑いする。

「逃げたとなると、また規制が厳しくなって、不名誉な悪評が広がってしまう。みんな他人事《ひとごと》ではいられないんだ」

そう言ったのは、北海道で生物系チャンネルを持っているという、動画配信者の狼《チップ》魚《カムイ》という青年だった。

黒い作業着の胸に、狼魚ちゃんねると刺繍《ししゅう》が入っている程なので、それなりに視聴者数の多い配信者なのだろう。

「それに、やっぱり純粋に蛇が可哀相なんだよ。犬猫と違って、それなりに好きじゃないと、蛇はまず飼わないからね」

チャンネルを持つだけあって、トゲトゲ頭のロックな容姿に反し、狼魚氏は動物愛が深いらしい。

北海道は冬が厳しいことで、逆に室内の気温が、通年一定している。

そのためは虫類の飼育に適してはいるが、それはあくまで室内の事であって、その多くは冬どころか、春や秋ですら野外で生存するのが難しい個体も少なくない。

「愛玩《あいがん》動物っていうのは、やっぱ愛される為に生み出された命だし。早く見つけて、平穏で安全な生活に戻してやるのが、生み出した自分らの責任だと思うわけ」

だから一分でも早く見つけ出してやろうと、彼らは一致団結し、周辺の捜索を開始した。

豊嶋さんの敷地内は、直接吉沢さんの許可を得ている私達で調べようという事になった。

とはいえ、逃げた大蛇を捜すのだ……ぞっとする。

「その蛇は、夜行性とか、そういう事はないんですか?」

「雨季には夜行性という話もありますが、昼行性な個体が多いと思います」

と、私の質問に、對中氏が答えた。

じゃあ、日中だから大人しいという事もないのか……。

「そんないきなり襲いかかってくるようなことは、そんなにないので大丈夫ですよ」

對中氏が苦笑いする。

「そんなにって事は……多少はあるんですよね？」

「まあ、だとしても軽く手に穴が空くだけです」

見つからないのも困るが、どうか発見は私たちではなく、店長や狼魚氏であってくれ。

とはいえ、捜索をサボる訳にもいかない。軍手をはめ、一応車庫の鍵《かぎ》も借りてあるので、先に見ていこうと、二人は車庫を調べた。

いかにも蛇が隠れていそうな、使われていない漬物樽《だる》を恐る恐る覗《のぞ》く。

古い粕《かす》の臭いはしたけれど、そこに蛇の姿はない。

「裏にどうやら、壊れかけた納屋もあるみたいですね」

と對中氏が言った。

言われるまま一緒に裏に回ると、どうやら大きめな家庭菜園があるらしい。

とはいえ、納屋の周辺は、何かを植えるどころかどろどろにぬかるんでいる。

水際に生えているのは大根のような葉だ、多分山わさびだろう。

「納屋も崩れて、木が腐ってるみたいですし、地震の後から地下水が湧くようになったんですかね」

私の推測に、對中氏も「確かに」と頷き、「湿度も高そうですし、一応納屋の中も調べておきましょうか」と言った。

中に入ると、庭弄《いじ》りの道具もわずかに置かれてはいるが、既に使用が控えられているらしく、ほとんどゴミが置かれているようだった。

「八鍬さん、こういう所は怪しいですから、お気をつけを」

「確かに物が色々重なって、隠れるところが沢山ありそうな――」

そう言いかけて、何気なく汚れた木箱をよけた瞬間、私の呼吸が止った。

いや、なんなら心臓だって、軽く数秒は止っていたんじゃないだろうか。

「～～～～～！」

人間、本当に怖い時は声が出ないものなのか。

「おお！　八鍬さん！」

それでもガタンとのけぞって、後ろの棚にぶつかって転んだ私に、對中氏が驚き振返り――そして床に隠されるように設置された、蛇捕獲用の大きなケージを見つけたようだった。

「へ、へ、へ……」と思わず声が裏がえった理由は、その捕獲用ケージらしき物の中に、斑点《はんてん》模様の白い大蛇が、とぐろを巻いていたからだった。

思っていたよりもずっと大きい。

そして恐ろしい。

震え上がる私を尻目《しりめ》に、「カーペットパイソンです。これは美しい！」と對中氏が声を上げた。

「おそらく捜しているスノーはこれですよ！」

「それは良かった……でも罠《わな》……ですよね？　いったい誰が設置を？」

「そのようですね……どういう事でしょうか？　祖父を殺害後、お孫さんが逃がした訳ではないんでしょうか？」

「もしかしたら、少女Aは意図的に大蛇を逃がしたわけではなかったとか？――痛っ！」

言いかけた刹那《せつな》、床に突いていた手に、鋭い痛みが走った。

「うっ」

釘《くぎ》でもあったのか？　と、反射的に手を引こうとした瞬間、確かに何かの重みを感じた。

その瞬間、全身に寒気が走った――私は悪い予感は良く当たる。

手を見ると、左手の薬指の第一関節あたりに赤い血が滲《にじ》んでいる。

そして手のあった場所に、小型の蛇が警戒するように身体をくねらせて、こちらを見ていた。

「八鍬さん離れて！　ニホンマムシです！」

對中氏が叫んだ。

でも、時既に遅かった。

「噛まれましたか」

「お……おそらくは」

「まずここを一度離れましょう。手当しないと」

對中氏は近くにあったバケツをマムシに被《かぶ》せ、上に漬物石を載せ、呆然《ぼうぜん》とする私を連れて納屋を出た。

彼は私を豊嶋家の玄関フードに座らせると、急いで中村店長に、スノーを見つけた事と、私がマムシに噛《か》まれたかもしれない事を報告し、そして鞄《かばん》から未開封の緑茶のペットボトルを取り出す。

「タンニンがいいという説があるんです」

眉唾《まゆつば》ですが、と言って、彼はそれでも私の軍手を脱がせ、緑茶で傷口を洗う。

左手の薬指に、ポツポツと赤い血が流れる二つ傷痕《きずあと》があった。

「牙《きば》の痕が二つ……これはやっぱりさっきのマムシに噛まれた可能性が高いです」

毒のせいか、ショックか、出血のせいか、蛇に噛まれたという事実のせいか、私は酷《ひど》く気分が悪く、目眩《めまい》を覚えていた。

「大丈夫。今救急車を呼びましたから、心配ありません。型も通常よりは小さいです。その分出す毒の量も少ない筈《はず》ですし、噛まれたからと言って、必ず毒を出す訳でもないですから」

對中氏は、努めて優しい声で、私を安心させるように言った。

「本当に心配ありませんから、リラックスしましょう。心拍数が上がってしまうと、毒の回りが早くなりますから」

丁度そのとき、中村店長達が駆けつけてくれた。

見つかった蛇達は、彼らが対処してくれるらしい――ほっとした。

これで大蛇も誰かを傷つける事がないだろうし、他の人がまた納屋でマムシに襲われることもないだろう。

その間、狼魚氏がポイズンリムーバーを持っていたので、對中氏が一応傷口を吸い上げて、処置をしてくれた。

「でも、わざわざ救急車を呼ばなくても、自力で行って良かったんじゃや……」

「処置をすれば助かる蛇ですが、それはあくまで処置をしたらです。ショックで毒の回りが早まるのであまり言いたくはないですが、動き回ってそれだけ毒が身体に回ると、死なないまでも、ちょっとだけお花畑を覗きに行く事はあり得ます」

「え……」

川を渡ってしまう事はごく稀《まれ》ですが、数ヶ月の入院が必要な場合だってあるんですと言われ、私は困惑した。

それは困った――というか、仕事はどうなるのだろう？　明日《あした》行けるのか？　来週引っ越しも控えているのに……。

「け、血清のようなものはないんですか？」

「ありますが、今はまず使いません。逆にアナフィラキシーショックのリスクが高まるので、今はセファランチンという、アルカロイド製剤を用いての治療が一般的です」

心配しないでも、治療法はきちんと確立されているのだと、對中氏は勇気づけてくれた。

けれどその強調が、逆に不安を煽《あお》る――ああ、私は本当に危険な毒蛇に襲われたのだ。

具合が悪くないかと聞かれているだけで、段々気分が悪くなってくるような気がする。

救急車を待つ時間というのは、本当にいつも長く感じて仕方がない。

一秒でも早く救急車が来て欲しいと願い、サイレンが聞こえるのを必死に待ちながら
心底思った――こんなにも、私は生きたい。

死にたくはない。死ぬのは怖い。

死ねない理由なんて思い浮かばない。哲学も思い出せない。

今はただ、生きたかった。

生きたいから、生きる為にもがくのだ、人間は。貴女《あなた》の言う通りだ。

貴女は正しかった。

人間は本当に、生きたい生き物です――九条さん。

■漆

對中氏達の応急処置は、極めて迅速、かつ適切だったらしい。

担当の医師の話では、幸い私の身体にマムシの毒は、ほとんど入らなかったようだ。

傷口の腫《は》れや変色もほとんどなく、血液検査の結果、このまま数値の変化がなければ、明日には退院して大丈夫だろうとの事だった。

良かった、これなら仕事に大きな影響はなさそうだ。


夕方、對中氏が病院に来てくれた。

本当は日帰りの予定だったのに、私が心配で市内にホテルをとってくれたらしい。

「いやー、無事でなによりです」

「なんだかすみません。あんなに大騒ぎしたのに、恥ずかしいです」

結局全然平気だったのは嬉《うれ》しいけれど、さすがに人騒がせ過ぎて、申し訳ない。

「いいえ、結果論ですよ。毒が入らなかったのは、八鍬さんの運が良かったんです」

そう言う對中氏は、心底ほっとしたような表情だ。

「知人はマムシに嚙まれた事にすぐ気がつかなかったせいで、治療が遅れて半年近く入院しましたから。とにかく初動が大事なんです」

彼はそれはごく運の悪いケースだと言ったが、もし自分一人で襲われたのだったとしたら、適切に処置出来ていた自信がない。

なので心から感謝を述べた。命の恩人と言っても過言ではないだろう。

「いいんですよ。それにもし貴方《あなた》に何かあったら、九条さんにも申し訳が立たないところでした」

「いえ、悔しいですが、もう一度九条さんにはお礼を言わなければ――そうだ、あの蛇は？」

「ニホンマムシなら、あの後扱い慣れた有志が、きちんと安全な場所に逃がしましたよ」

「いえ、大蛇の方ですが――マムシの駆除はしなかったんですか？」

気になっていたのは、罠から発見された大蛇の方だったが、そもそもあのマムシは殺さなくて良かったのだろうか？

「彼らは確かにやっかいな嫌われ者ですが、準絶滅危惧《きぐ》に指定している土地もあります。かつて害があると駆除され続けた結果狼が滅び、今は天敵を失って増えすぎた鹿が、私達に害を為しています――たとえ愛されなくとも、この世に不要な命なんてないでしょう」

そう言って對中氏は、ゆっくり首を横に振った。

「勿論《もちろん》命を繋《つな》ぐために、命を奪うのは自然の摂理ですが、少なくとも棲《す》み分けることで、彼らとはまだ共存が可能な筈です」

「共存、ですか」

てっきり沖縄のハブのように、マムシも積極的に駆除が進められているのかと思っていた。

確かに命を奪う以外の解決法があるなら、その方が良いに決まっている。

「八鍬さんが見つけたカーペットパイソンも、幾分弱ってはいましたが、無事でしたよ」

あの大蛇は、どうやら中村店長が繁殖させ、豊嶋さんに販売した個体に相違はないらしい。

当面の世話は、中村店長が代わってくれるそうだ。

今後もし譲渡先などを探す事になるなら、是非と名乗り出ている人もいるそうで、ひとまず大蛇の一件はこれで一段落だ。

「ですがあの罠……ずっと考えていたんですが、もしかしたらスノーは、豊嶋さんが殺害される前に、逃げてしまっていたのではないでしょうか？」

「つまり、罠を仕掛けたのは祖父の方という事ですか？」

「ええ。確証はありませんが」

とはいえ、ある程度蛇の生態を知っている人間が罠を設置したのではないかと、對中氏は唸《うな》った。

「私達はつい大蛇も殺害後に逃げたのかと想像してしまいましたが、前後関係は違うのかもしれませんね」

「ええ。そしてあの後調べたんですが、豊嶋家の周辺で、マムシはもう二匹発見されました」

それはそれは……他に噛まれた人間がいなくて良かった。

「家の近くで卵を産んだ、母蛇がいたんでしょうか？」

「どうでしょう。ニホンマムシはそもそも卵胎生で、お腹の中で孵化《ふか》させた幼蛇を排泄《はいせつ》肛《こう》から産みますからね。おそらく単純に生息しやすい環境なんでしょう」

一応その二匹も一緒に、山のもう少し奥に放してきたそうだ。

排除ではなく、共存か。

「どうしました？　八鍬さん。やっぱり体調が優れませんか？」

「……………」

「いえ……」

不意に黙ってしまった事を心配したように、對中氏が私を見た。

「ただ對中さんが仰《おっしゃ》った、『共存』という言葉について考えていただけです……彼女はどうして祖父とは共存できなかったのか。それなのに、何故共存できない相手のところに、自ら通っていたのか」

「それはそうですよね。だったら祖父のところに来なければ良かったのではないでしょうか？　例えば、殺したいほど憎いのだとしたら」

「そうなんですよ！　そこなんです――對中さん、ギリシャ神話のアクリシオスをご存じですか？」

私は思わず身を乗り出して、言った。

「え？　ええとギリシャ神話は、蛇女のメデューサくらいしか……」

「ああ、まさにそれです。アクリシオスは、メデューサの首を刎《は》ねた英雄・ペルセウスの祖父にあたる人物です」

全能の神ゼウスと、人間の間に生まれた英雄ペルセウス。

彼の祖父であるノルゴスの王アクリシオスは、いつまでも男児に恵まれず、そこで神託を受けた。

が、下された予言は彼の望んでいたものではなく、愛娘《まなむすめ》のダナエーから生まれる子供、つまり孫によって、自分が殺されるというものだったのだ。

だから彼は、愛する我が子を高い塔に閉じ込めた。

が、ダナエーの恋人は、人間ではなかった。

彼女は雨に姿を変えた全能神ゼウスとの間に男の子を身ごもり、それを恐れたアクリシオスは、娘と孫を、箱に入れて海に流してしまったのだ。

「祖父とはいえ他人です。脅威を感じていたら、彼も孫娘を拒んだでしょうし、彼女もそうであったなら、わざわざ祖父の許《もと》へ通わなかったでしょう。何故、それでも彼女はあの家に行き、そして祖父を殺《あや》めるに至ってしまったんでしょうか」

別に、嫌なら無理に会わなければいい関係だ。それでも会わなければいけなかった理由はなんなんだ？

「我慢出来ないとすれば――憎悪、でしょうか」

腕を組んでウーンと唸った對中氏が、私を見て静かに言った。

「殺さずにはいられないほど、祖父が憎かったから、マムシを使って殺したというんですか？」

だとすれば、他にも方法はあった筈《はず》なのに、どうして彼女はわざわざリスクを選んだというのか。

「マムシに嚙《か》まれ、私はとても恐ろしかった――死の恐怖を感じました。蛇を飼育する祖父の許、もしかしたら彼女も蛇に慣れているのかもしれません。が、一歩間違えば自分の命を奪いかねない毒蛇を、殺人の道具に使うのはあまりにもリスクがある」

そしてもし、彼女が本当にもう少し蛇に詳しいとして、マムシを正しく扱い、適切な処置さえ心がけていれば、そこまで直ちに命に関わりはしないと知っているだろうし、そもそも凶器として使用することに矛盾が生じる。

「殺すつもりではなかった――のに、死んでしまったという可能性もありますが……」

對中氏はそう呟《つぶや》くように言って、結局自分で首を傾げた。

いったいどういう感情で、マムシに祖父を襲わせるのだろうか？

「骨が――私達にはこの事件の骨が、見えていないんだ」

「骨ですか」

無意識に呟いて――對中氏に復唱され、自分で何を言ったか気がついた。羞恥《しゅうち》に耳が熱くなった。

「でも仰るとおり、マムシを祖父殺害に使うのはナンセンスだと思います。そもそもですよ？　何故彼は大人しくマムシに手を嚙まれ、病院にも行かずに死に至ったのか」

北海道で蛇を愛好するものなら、マムシに対してまったく知識を持たないというのは考えにくいと、對中氏は唸る。

「気づかなかったという事はありませんか？　その對中さんの半年入院したお知り合いのように」

「……実のところ、絶対にないとはいえません。マムシの傷は歯形ではありません。深い牙《きば》で二ヵ所穿《うが》たれるだけです。角度によっては、穴が一つという場合もあるでしょうし、山歩きをしていて、気がついたら足を噛まれていた、なんて事もあるんです」

でも、それらは全て偶然に頼りすぎている。

行動を御す事のできないマムシに祖父の手を噛ませ、本人に気づかれないまま死に至らしめる――そもそも彼は毒そのものではなく、転倒によって亡くなっているのだ。

「毒蛇を使って殺害するという、極めて計画性や加害性を感じる手段を選んでいるのに、彼が亡くなる経緯《いきさつ》は、とても受動的だ。偶然に頼りすぎています――何故毒蛇でなければダメだったのか。ナイフや、他の薬物、ロープではいけなかったのか。たとえ体格差のある祖父と孫だったとしても、少なくとももっと確実な方法が他にもあるはずなのに」

「儀式的――暗示的、と考えられなくもないですね。彼女はまだ中学生――極めて多感な年頃ですし……」

と、對中氏はそう答えながらも、自分でも首を傾げていた。

「憎悪なんてものは、どこでも簡単に咲くとは思いますが……とはいえ前途ある少女が、危険を顧みずに毒蛇を扱う事も、殺人犯になることも厭《いと》わぬほどの理由とは、いったいなんなんでしょう。この世で共存を許せない理由は」

私は無意識に拳《こぶし》を強く握りしめていた。そのせいで、傷口からまた赤い血が滲《にじ》みはじめていた。

彼女も祖父から流れる赤い血を見たのだろうか？　それを見て何を思ったのだろうか？

彼女にとって、祖父はどれだけ邪悪だった？　彼は彼女に何をした？

「少なくとも現場には、争いの痕跡《こんせき》がありませんでした。むしろ彼女はリビングでお菓子を食べ、本を読んでいた。それが祖父を殺した前か、後かはわかりません――でも、本はまるで今、何気なく読む手を止めてそこに置いたように、ページが開かれたまま、テーブルに伏せられていました」

「本とお菓子で祖父が死ぬのを待っていたのだとしたら、少女Aは非常に豪胆ですね――何を読んでいたんでしょうね」

對中氏が呆《あき》れると言うより、むしろ感心したように言った。

「コナン・ドイルの『シャーロック・ホームズの冒険』。読んでいたのは『技師の親指』でした」

「技師の……親指？」

「はい……正直どんな話だったのかは、もう覚えていないんですが」

コナン・ドイルのホームズシリーズは、少年時代に読んだきりだ。

記憶に残っている話もあるが、大体は忘れてしまっている。それだけでなく、幼くて理解出来ていない部分も多々あったようにも思う。

　それに私は、ホームズよりチャレンジャー教授の方が好きだった。

「もしかして……それも、蛇のお話でしたか？」

　對中氏が、急に険しい顔をしていた。

「いえ。そうじゃありません。でも、『シャーロック・ホームズの冒険』は短編集です。そして『技師の親指』……ああ、そうか！　なんてことだ！」

　對中氏の顔が、沈痛そうに歪《ゆが》んだかと思うと、彼は宙を仰ぎ、両手で顔を覆った。

「八鍬さん、私達は本当に、大事な『骨』を見落としていたんですよ。まったくわかっていなかった」

「對中さん……？」

「いったいどういう事ですか？」

「『まだらの紐』だったんだ……」

　彼が低く、擦れる声を絞り出した。

「『まだらの紐』ですよ――ああ本当になんてことでしょうか！　彼女はちゃんと、私達に真実を伝えていたんです」

■捌

翌日の夕方、無事退院した私は、對中氏を見送った後、少女Aの家を訪ねていた。

築年数がそれなりの、おそらく2LDKのアパートだった。

吉沢さんの父親の線から、吉沢家の事を少し調べさせて貰《もら》ったが、吉沢さんは十九歳の頃に周囲の反対を押し切って、大学を中退し、元夫と駆け落ち同然で結婚したらしい。

その後すぐに少女Aを授かったが、数年で夫婦は不仲になって、結局少女が小学校に上がる頃には離婚してしまったそうだ。

以来、介護の仕事をしながら、吉沢さんは少女Aを育てていた。

この前、豊嶋家で聞いた所、不仲だったのは元夫の両親とだけでなく、実の両親もまだに吉沢さんの事を勘当したままで、今回の少女の事件も、吉沢さんの親身になると言うよりは、少しでも自分達が迷惑を被らないようにと、そればっかりだそうだ。

新しい夫とは、正式には籍を入れておらず、一年以上事実婚の形で暮らしているらしい。

千葉に住む新しい夫の両親には、まだ挨拶《あいさつ》などをしたことはないという。

つまり、少女Aには、母と、新しい父、そして唯一『敵』ではなかった父方の祖父しか、『身近な大人』がいなかったようだ。

「今日はお時間を取ってくださり、どうもありがとうございます」

家に上げてくれたばかりか、わざわざコーヒーまで振る舞ってくれた吉沢さんに、私はまず丁寧に頭を下げた。

吉沢さんは少し緊張した面持ちで、首を横に振る。

彼女にとって楽しい話にはならないことを、予感しているのだろうか？　けれど、それでも吉沢さんは私に軽く会釈した。

「騒ぎになる前に逃げた蛇を見つけて下さったばかりか、ご自身もマムシに嚙まれたと伺いました……お礼を言わなければいけないのは私の方です」

「幸い、少し血が出ただけで済みましたから、それは本当にお気になさらず」

むしろ、もう忘れて、忘れさせて欲しい。蛇に嚙まれたなんて、思い出すだけで気分が悪くなる。

「それで……あの子の事ですが、やっぱり私からお話し出来る事は、これ以上ありません」

そう吉沢さんは言った。

「実父からもマスコミからの質問には一切答えるなときつく言われていますし、万が一主人の仕事に影響が出てしまうと怖くて」

現在の夫とは事実婚という事もあり、周囲には関係自体を秘しているという。

だから夫にとって少女Aの事件は、あくまで教え子だった生徒の一人が事件を起こしただけなのだ。

「塾の先生が保護者と再婚するというのは、そもそも周りの目が良くないらしくて……でも、お陰で今回は、主人に迷惑をかけないですんでいるんです」

せっかくバレていないのに、これで更に何か記事になったりしたら、今度こそ夫に迷惑がかかってしまうと、彼女は不安そうに言った。

「それに……たとえ義父を殺したとしても、あの子が可哀相で責めたくないんです。こんな事なら、義母が生きていた頃に、私があの家に火を付けていれば良かったとさえ思っていますから」

そう言ってふっと浮かべた、彼女の昏《くら》い表情の中に、確かな憎悪の火花が見えた。

それは子供を守る為に、罪を庇《かば》いたいと言うよりも、己の憎しみの発露に違いなかった。

なんだか部屋が酷《ひど》く暗く感じた。

珈琲《コーヒー》カップの中に映り込む、サンキャッチャーのキラキラした光でさえ、払拭《ふっしょく》できない影が、重くのしかかってくる。

いっそこのまま帰りたかったが、そうもいかない。

「お気持ちは重々承知していますが……今日、お時間を戴《いただ》いたのは、やはり娘さんの件に関わる事なのです」

私は覚悟を決めて、口を開いた。

「まず、つたない私の推理を聞いていただけますか？」

「推理、ですか？」

「はい。あの日……娘さんが祖父を殺したと言われている日の事です」

「当日のお嬢さんの足取りはわかっています。学校が終わった後、定期券を使って地下鉄に乗り、駅からバスに乗り換えた後、お祖父様《じい》の自宅に歩いて行かれた。あの長い坂を上る姿も目撃されています」

その後、何があったかははっきりしていない。けれどバスを降りて約二時間後に、少女Aは祖父を殺したと、自分で通報した。

「殺害方法は、祖父の飼っていたマムシに嚙《か》ませたと、お嬢さんは言っています。『まだらの紐』に擬《なぞら》えたのだと――シャーロック・ホームズの、まだらの紐のお話は、ご存じですか？」

「いいえ……毒蛇が出てくるというのと、ホームズという探偵がいる事くらいは聞いた事がありますが。でも義父はそういう、古くさい本が大好きだったと思います。あの子もあの家で、それを読んだんでしょうね」

そう言って、古沢さんは首を傾げてみせた。

「あの作品でトリックに使われた毒蛇は、マムシではありません。『茶色い斑点《はんてん》のついた黄色い奇妙なひも』で、描写に近い蛇は、クサリヘビという毒蛇だそうです」

「はぁ……」

「……クサリヘビにせよ、マムシにせよ、通常は嚙まれて直ちに亡くなる事は少ないそうです――話を戻します。バス停からお祖父様の家までは、徒歩で十五分ほど。寄り道をしなければ、彼女は一時間四十五分前には、お祖父様の家に着いていたのだと思います。それから通報までの間の詳細は、彼女は曖昧《あいまい》に「本を読んでいた」とか、ほとんど話していないそうですので、ここからは私の想像になる事をお許しください」

私はそう前置きして、一度珈琲で唇を湿らせた。

この独特の苦みと酸味――私は珈琲が好きではない。

「まずお嬢さんとお祖父様の関係は、お嬢様の年齢や、関係性、そしてお祖父様の性格上、適度な距離感があったのでしょう。その日彼女はいつも通り祖父の家に行き、彼の本を読んでいた――そしてその間に、祖父は祖父で自分の事をしていた――つまり、逃げた大蛇の捜索をしていた」

「え？」

と、吉沢さんが声を上げた。

「でも大蛇は、娘が逃がしたものでは？　てっきり、まわりに迷惑をかけるために――」

「いいえ。理由ははっきりしませんが、おそらくお義父《とう》さんの過失だったのではないでしょうか？　少なくとも捕獲檻《おり》の設置場所や、餌としてラットを仕掛けておく等、明らかに専門知識のある人が作業をしていた痕跡《こんせき》がありました」

とにかく彼は逃げた自分の愛蛇が無事戻れるよう、蛇が好みそうな裏の納屋に罠《わな》を仕掛けた。

数年前の地震で傾き、床下に地下水が湧くようになってから、すっかり不要品を押し込むだけの場所になったそこは、蛇の絶好の隠れ家だった。

現に逃げた蛇は、そこで発見されている。

が、暖かくて暗くて湿った所を好むのは、マムシも同じだった。

おそらく彼は、罠を仕掛ける際マムシに噛まれた。でもその事に気がつかなかったか、マムシという確信がなかったのかもしれない。

だから部屋に戻り様子を見ることにした。

「その時もしかしたら、お嬢さんに『マムシに噛まれたかもしれない』と伝えたのではないでしょうか」

だから少女は、スマホでマムシの毒について検索した。

蛇を知悉《ちしつ》した祖父ならば、その毒についての知識もあっただろう。

「多分大丈夫だと思うけれど、一応少し安静にしているよ……とでも言ったんでしょうね。少女は祖父を多少心配に思いながらも、そのままお菓子片手に読書へと戻ったのでしょう」

マムシの毒は、三十分から一時間ほどで発現するそうだ。

もしかしたら途中から気分が悪くなったのかもしれないし、そもそも噛まれて具合が悪くなるかもしれないと思うと、全然毒が回っていなくても、精神的なショックでそんな気がしてきてしまうものだ。

だから用心の為に、豊嶋さんはベッドで休んでいた。けれどいよいよ、これは本当におかしいと彼は気がついた。

「けれど偏屈な祖父は、携帯電話を持っていませんでした。そして彼の部屋に、コードレスフォン等もなかった。だから孫に助けを求めたり、救急車を呼ぶには、まず部屋から出なければならなかったんです」

　そうして立ち上がった時、彼は急激な目眩《めまい》に襲われてしまった。

　マムシの出血毒による急激な血圧降下。

「彼はそのまま倒れ、運悪く机の角に頭を打ち付け、そのまま亡くなりました」

　彼女は俯《うつむ》いていたものの、当然その日起きた事が知りたかったはずだ。

　私は丁寧に、ひとつひとつを吉沢さんに説明していった。

　吉沢さんも状況をかみ砕いていき――。

「……え？　待って、でも、それじゃあ娘は？」

　と、一呼吸遅れて顔を上げたので、私は静かに頷《うなず》いた。

「転倒の際、それなりに大きな音はしたでしょうが、彼女はすぐに、祖父の部屋を訪ねなかった」

　やはり少女と祖父の間には、それなりに他人行儀な距離があった。

　勝手に祖父の寝室に上がって良いものだろうか？

　なにかあったら、言ってくるんじゃないだろうか？

　そんな遠慮から、彼女はすぐには祖父の部屋には行かなかった。

「とはいえ、それから物音はなく、段々と彼女は不安になったんでしょう。読んでいた本を、ローテーブルに伏せ、彼女は祖父の部屋を訪ねました——が、そこで既に事切れた祖父を発見したんです」

マムシの事は聞いていたし、祖父の腫《は》れはじめた手を見れば、本当にマムシに嚙まれたのだという事は一目瞭然《りょうぜん》だっただろう。

北海道に生息する毒蛇は、マムシしかいない。

そしておそらく、彼女ははっきりと、祖父が死んでいる事に気がついた。事前にスマホで症状を調べていたのだから、毒のせいで倒れてしまった事は、大きな音からも想像がついただろう。

「そこで悲しむよりも冷静に考えた——祖父が死んでしまったら、私の逃げ場所が無くなってしまう、と」

「なんですって？」

「読んでいたのは、短編集である『シャーロック・ホームズの冒険』でした。開いたままのページは、『技師の親指』のまだ冒頭——そしてその前の話、彼女が読み終えたばかりの単話は、『まだらの紐』でした」

「……どういう事？」

祖父の死因はおそらくマムシ——毒蛇だ。

彼女は咄嗟《とっさ》に考えた。

このまま祖父という安全な水槽を失ってしまったら、自分は両親の下に戻らなければならなくなる。

思春期の十四歳の少女と母と再婚相手、三人の生活に、このアパートは少し狭すぎる。

「お嬢さんは本当に、逃げ場所なしには生きていけないと思った。祖父の庇護《ひご》を失うくらいならばいっそ、殺人犯にでもなった方がマシなのだと。だから彼女は警察に電話をかけてこう言いました――まだらの紐です。私が祖父をマムシで殺しました、と」

「そんな……そんな馬鹿な！　酷い！　娘は私と暮らすより、刑務所の方がマシだと思ってるなんて言うんですか⁉」

吉沢さんは、当然激昂《げきこう》した。

それはそうだ、確かに世の中、言っていい事と悪い事があるだろう。

でも、言わないわけにはいかなかった。

「十四歳以上で刑事責任能力があり、家裁が刑事処分を相当と認めた場合は、少女であっても成年と同じく裁かれます。保護処分になったとしても、四、五年の収容は免れないでしょう――つまり、四、五年は、ここに帰らないですみます」

つまり十八、九歳になって、ある程度自分に責任を持てる年齢まで、彼女は母親の下に帰らないで済むと考えた――彼女は、本当に聡明《そうめい》な少女だ。

「出て行ってください」

これ以上の侮辱は赦《ゆる》さないというように、吉沢さんが険しい顔で言った。

でもまだ一番大事な話が済んでいない。私は澄まして、美味《おい》しくもない珈琲《コーヒー》をもう一口飲んだ。

「吉沢さん。少し冷静に考えてみませんか？　少女が祖父殺しの汚名を着て、逮捕される方がマシだと、そんな風に考えなければならないほどの状況を、貴方《あなた》は母親なのに見過ごすんですか？」

「何が言いたいの!?　私があの子に暴力でも振るっているとでも言うの!?　馬鹿を言わないで！」

「そう思っていたら、私は貴方にではなく、民生委員の方にお話ししているでしょう」

「だったら、なんなの!?」

「それとも――まだ十四歳のお嬢さんが、自ら命を絶った方が良かったですか？　その遺体を、貴方が見つけたかったですか!?」

「馬鹿なことを言わないで！」

吉沢さんが、眉間《みけん》に深い皺《しわ》を刻んで、私を睨《にら》んだ。

「……貴方の再婚されたご主人の荻《おぎ》さんについて調べさせていただきました。ご主人は元々関東で教師をされていたのに、数年前北海道に移住されていますね？」

「……ええ。東京は都会過ぎて人間関係が薄いので、より生徒一人一人に向き合って、熱量を感じる仕事がしたいのだと。彼はそう思って北海道に移住した、教育者の鑑《かがみ》のような人です」

フン、と怒りに鼻を膨らませるようにして、吉沢さんが答える。

私は彼女に、数枚の新聞記事のコピーを差し出した。

「な……なんですかこれ……」

吉沢さんの顔が、見る見る曇った。

「何って……見ての通りの記事です。中学校教諭の荻せいやさんは、出会い系サイトで知り合った少女と、未成年と知りながら関係をもっていた。他にも生徒に無理矢理交際を迫るなど、余罪があったようですね――貴方のご主人は」

少女の継父――塾講師の荻せいやは、叩《たた》けば叩くほどホコリの出る男だった。

おそらく北海道に移住してきたのも、己の罪を隠して、新しい生活を始める為だったのだろう。

「そんな！　嘘……嘘です。ただ、名前が同じだけです。そんな珍しい名前じゃありません！　彼は本当に優しくて、真面目な人です！」

珍しくない――と、言い切ってしまうのは、少し無理がないだろうか？

よしんば別人だとしても、彼女はなんの事実確認もせずに、頭から私の言葉を否定し、反論した――そうだ、おそらく、これが全てだ。

「それですよ……貴方がご主人を愛していらっしゃる。愛でまわりが見えなくなってしまうのは、今のご主人が初めてではないのでしょう。だから実のご両親は貴方と袂《たもと》を分かった。聡明な少女Aはわかっていた。肉親よりも、愛情を選ぶ貴方と」

何を言ったとしても、母は自分の言葉を信じないことを。

もしくは母を傷つけたくなかったのかもしれない。

「でもあの子は何も言ってないわ!?　証拠だってない。貴方だって自分で言ったでしょ!?　全部貴方の想像だわ！」

途端にばん、とテーブルを叩いて、吉沢さんが怒鳴った。

私を憎悪の瞳《ひとみ》で睨みながら。

「だったら貴方は自分のお嬢さんが猟奇的な殺人犯で、理由もなく祖父をマムシで毒殺したと、そう仰《おつしや》るんですか!?　十四歳の少女が、命よりも守りたいと思った物、それ故に母と継父から逃げた事を、貴方は否定するんですか？」

「そんな……」

吉沢さんの唇が、わなわなと震えている。私への怒りは消せないが、けれど私の言葉を否定することも出来ないのだろう。

「確かにはっきりとした証拠はありません――ですが、お嬢さんは、ちゃんと最初から語っていたんですよ。本当の事を」

「……どういう事？」

「『まだらの紐』です」

十四歳の少女Aの人生を脅かす『まだらの紐』。

その話は、双子の姉を殺された女性が、真犯人を捜す物語だった。

ミルクで調教した毒蛇を使って、密室殺人事件を起こした犯人――。

「『まだらの紐』の真犯人は義父。依頼人女性の、血の繋《つな》がらない父親なんです」

■終

神話において、蛇は多くの国で知恵や生命を司《つかさど》る存在だった。

蛇を愛する老人は、孫娘の横顔に、その孤高さと聡明さ、そして生命力を感じていたのだろうか。

少女Aは、齢《よわい》十四歳の若さでも、確かに自分を守る為の強さと信念を秘めていた。

そんな少女が、事件後初めて泣いたのは、母親が迎えに来た時だったという。

一年以上、籍も入れずに家に居座って、娘の平穏を脅かそうとした男を、吉沢さんはすみやかに家から追い出した。

そして娘の許《もと》に走った。

毒蛇で祖父を殺した少女は、無事『少女A』から、十四歳の『吉沢雛美《ひなみ》さん』に戻った。

無実と認められた雛美さんに世間は再び注目し、世間は『札幌まだらの紐殺人事件』について、数日間熱心に報道したが、それもまたすぐに別の事件にとって代わられた。

私もまたすぐに、別の事件を追わなければならないのだ。

旭川各地で起きている、花壇の花の連続盗難事件や、寿都で発見された男性遺体と関連があるのか、同じように旭川で死後数日経って発見された遺体——人間が生きている限り、事件も生まれ続けるのだ。

それでも私は旭川に引っ越して、まずは對中氏の家を訪れた。

事件後はバタバタしてしまって、何通かメールのやりとりをしただけだったのだ。引っ越しの挨拶《あいさつ》も兼ね、六花《ろっか》亭《てい》のお菓子の詰め合わせを手に訪ねた私を、對中氏は相変わらずホトケの笑顔で迎えてくれた。

「その節は本当にお世話になりました」

「いえいえ、無事『骨』にたどり着けて何よりでした――それより嚙《か》まれたところは大丈夫ですか？」

「ええ、もうすっかり――でもお陰で、より一層蛇が苦手になりましたよ」

マムシに嚙まれたお陰で、私の蛇恐怖症は、盛大に悪化した。

あれ以来、どこかに手を突くという行為すら怖いし、引っ越しを終え、段ボールをまとめて縛る為のビニール紐《ひも》が、風で自然にふらりと揺れるのが、視界の端に入っただけで腰が抜けた。

好きだった穴子天蕎麦《そば》ですら、今はもう食べる気がしない。

「それは重症ですね。でも京都大学霊長類研究所で、蛇を知らない幼児に蛇が隠れている写真を見せたところ、彼らはみなちゃんと蛇を見分けたそうです。霊長類はみな、本能的に蛇を見つけ出すよう、太古からDNAに刻まれているんです」

つまり私が蛇を怖がるのは、ごく原始的な反応だということか。

「仕方がありませんね。これぱっかりは無理強いは出来ませんからね」

「……そういうものですかね」

そういう言い方をされると、自分が原始的と言われているようで、些《いささ》か不本意ではあるが——でも嫌いな物はどうしたって嫌いなのだ。

「お時間があるなら、せっかくだし、お茶でもいかがですか？」

「あー……でも実は、カフェインはあまり摂《と》らないようにしているんです」

コレは好き嫌いというより、カフェインをとると、お腹の調子があまりよくなくなるからだ。

そしてあまり、對中家にお邪魔するのが気乗りしなかったからだ。

「だったら美味《おい》しい牛乳を戴《いただ》いたのでいかがでしょうか？」

けれどそんな風に誘われてしまうと、なかなか断りにくくなって、私は「それは是非」と答えた。

そして目を瞑《つぶ》って廊下を渡り——そしてリビングのソファに腰を落ち着け、そこでソファの横に、トントンと重ねて置かれた、小さな水槽に気がついた。

てっきり餌になる虫か何かかと思いきや、中ではあのマムシによく似た蛇がうごめいていた。

「ひいいいいっ」

「ああ、すみません！　忘れていました！」

私の悲鳴にはっとして、對中氏が高級そうな大きな瓶牛乳を手に、慌ててキッチンから走ってきた。

「でも大丈夫です！　八鍬さん、これはマムシに似ていますが、アオダイショウの幼体でして――」

「や、や、や、やっぱりもう帰ります！」

對中氏の説明を待たずに、私は慌ててソファから腰を上げ、がたんがたんと壁にぶつかりながら、目を瞑って廊下を駆け抜けた。

「これはこれは、ミルクでの餌《え》付《づ》けに失敗してしまいましたね、あはは」

と、瓶牛乳を手に、玄関先まで見送りに来た對中氏が笑う。

「当たり前です。僕はまだらの蛇ではありませんし、もう二度と来ません」

「いいですよ、じゃあではまた、気が向いた時にいつでもどうぞ」

そうホトケのように笑って、對中氏は寛容なは虫類の絶妙な距離感で、私を見送ってくれたのだった。

File.2　石油王と本物のシードケーキ

メールの着信音に慌ててスマホを開いたけれど、ファストフード店のDMだった。

警察学校に入った蘭香《らんか》は、週末の限られた時間しかスマホを使えない。館脇君もなんだか毎日忙しそうだ。

わかっている。

二人から連絡なんてほとんど来ない。

勿論《もちろん》私からメールを送れば、二人とも時間は置いたとしても、なんらかのタイミングで返事はくれるだろうけど、そうじゃなくて。

構って欲しがる子供みたいだってわかっているけど、たまには二人の方から連絡が欲しかった。

だって、寂しいから。

いつも私からだから、本当は迷惑してるんじゃないか？　って、妙に不安になる事もあるし。

私もやることはなんだかんだ沢山あるし、大学で友達も出来たし、充実していないとは言わない——けれど。

大好きな人に必要だって言われていないと、自分の事が必要ではない人間に感じてでしまう。

それに、高校時代と大学って、『友達』の定義が違う気がする。

距離感って言うか。概念って言うか。

大学ってそんなところなんだろうなって、漠然とは思っていたし、『きっと今みたいにはしゃげるのは高校生の間だけ』って、一年前はちゃんとわかっていたような気がしていたけれど。

でもいざ実際その時が来て、私一人がこうやって取り残されるように、みんなの連絡を待ちわびながら旭川で暮らすのは、想像の百倍寂しかった。

友情は、距離や時間じゃないって、SNSで誰かが言っていた。

本当の友達は、どこに居たって、いつだって友達。

それはきっと本当の事かもしれないけれど。

自分で選んだ筈《はず》なのに、置いてきぼりにされてしまったような、忘れられてしまったような、うらぶれた気持ちになってしまう。

とはいえ、自分だって上昇気流にのって、ぐんぐん集中したい時は、誰にも邪魔されたくないと思うし、そんな毎日しょんぼりなんてしていられない。

だから寂しくて心が元気になれない時、私は散歩に行く。

永山の、あの神社から懐かしい櫻子さんの家までの、古い並木道を歩くのだ。

みんなで何度も歩いた道。

大好きな場所に続く道を――。

「…………」

だけど九条家の前に行っても、その門は閉じられたままだ。

私の足音を聞いて嬉《うれ》しそうに吠《ほ》えるヘクターの声と、それを聞いて「静かになさい、へー太《た》」なんて言いながら、私を出迎えてくれるばあやさんはもういない。

かこん。

閉じられた木製の門に触れると、乾いた音がした。

見上げた窓は全てきつく閉じられている。

たまたま外出中のお家《うち》と、しばらく誰も居ないお家は、外から見ても空気が違うように見えるから不思議だ。

塀からはみ出すように、庭の木が顔を出しているのが見える。あとでここを管理している、館脇君のお母さんに言っておこう――。

「こんにちは」

ふと、斜め向かいに住むおばあさんが、怪訝《けげん》そうに私を見ていたので会釈した。

不審者と思われているかもしれないので、変に何か言われたりする前に、笑顔で先手必勝。

「お二人がいらっしゃらないと、なんだかすごく静かで寂しいですね」

そう切り出すと、おばあさんははっとしたように、「ええ、ええ」と頷《うなず》いた。

「毎朝、家の前を掃除される梅《うめ》さんと、世間話をするのが日課だったんですよ。本当に寂しいわ」

そう答えてくれたおばあさんと、少しだけばあやさんの話をした後、まっすぐ来た道を戻るのはなんとなく躊躇《ためら》われて、私は少しだけ遠回りをして帰ることにした。

もうちょっとだけ、記憶の中の櫻子さん達に、傍にいて欲しかったから。

初夏の風はまだ少し冷たく、木陰に入ると肌寒い。

その分日当たりの良い場所は、ほんのり暖かくて気持ちが良い。

日差しの中に立ち止まり、アスファルトの上で行列を作っているアリを、なんとなく眺めていると、「あら!」と前方から声がした。

顔を上げると、どこかで見た覚えのある年配の女性が一人。

尖《とが》った顎《あご》と、眼鏡の奥の切れ長の瞳《ひとみ》——誰だったろう?

「…………」

「正《しょう》ちゃんのお友達の、ええと……小百合《さゆり》ちゃんだったかしら?」

「あ」

思わず黙ってしまったけれど、そう言われて記憶の線が繋《つな》がった。

「百合子《ゆりこ》です。もしかして……館脇君の永山のお祖母《ばあ》ちゃんですか?」

そう問い返すと、彼女は眼鏡の向こうで嬉しそうに笑った。

いつも館脇君が、『永山のお祖母ちゃんは、ちょっと厳しい人なんだ』って言ってたけれど、そうやって孫の友達に笑いかける彼女は、優しくて親しみの湧く、『お祖母ちゃん』だった。

「お買物だったんですか？」

「ええ。今、お祖父《じい》さんが入院中だから、まとめ買いもできなくて」

両手にエコバッグを重そうに提げているのを見て、持ちましょうか？　と言うと、彼女は大丈夫よ、と一度は遠慮した。

でも本当に重そうだ。半分持ちますよ、ともう一度言うと、彼女は少し悩んで「じゃあお願いして良いかしら？」とエコバッグを一つ手渡してきた。

それは見た目以上にずっしり重い。ここまできっと大変だったろうに。

「永山のお祖父さん、腰の手術をされたんでしたっけ」

「ええそう。元気なんだけれど、年のせいかなかなか傷口がくっつかなくてね」

でももう少しで退院なのよ、と永山のお祖母ちゃんが目を細めた。

「買物は不便だったけど、静かで快適な生活も終わりだわ」

ふふふ、と悪戯《いたずら》っぽく笑うお祖母ちゃんに、私もつられて微笑んだ。

永山のお祖父ちゃんが居ない間、毎晩のんびり半身浴で読書するのを満喫していたという話から、館脇君が子供の頃、お風呂《ふろ》でシャボン玉遊びをして、のぼせて鼻血を出した……なんてそんな話を聞いていると、あっという間にお宅に着いてしまった。

「ありがとう。重かったでしょう？　助かったわ」

「いいえ。このくらいへっちゃらです」

「ついついいつもの調子で買ってしまって、あ、車じゃないのに……ってお会計の時に後悔するの」

「仕方ないです。特売は私達の都合は無視ですから」

「そうよねぇ……でも本当にありがとうね」

「いえいえ」

だって本当は嬉しかったのはわたしの方だった。

永山のお祖母ちゃんと話をするのは、日だまりみたいにほっとしたから。

それに館脇君の話をして、なんとなく彼が身近に感じられたから。

それはもしかしたら、永山のお祖母ちゃんも同じだったのかもしれない。

「…………」

玄関に荷物を下ろした私達は、お互いに顔を見合わせ、ちょっとだけ沈黙した。

気まずさというか、照れくささというか……。

ちょっと変な空気の中、先に口を開いたのは永山のお祖母ちゃんの方だった。

「百合子ちゃん……この後用事はある？」

「え？　いえ、ない、ないです！」

「私、実はこれからケーキを焼こうと思うんだけど、一緒に作らない？」

「是非！」

一緒に、のあたりで食い気味で返事をすると、永山のお祖母ちゃんはまた、今度は声を上げて笑った。

「良かった。正ちゃんの話をしたら、なんだか急に寂しくなってしまって」

「私もなんです。だから、もうちょっとって思って」

「そうね、良かったわ、迷惑じゃなくって」

なんだかお互いくすぐったいように笑いながら、私は永山のお祖母ちゃんの家にご招待された。

まずはエコバッグをキッチンに運ぶのをお手伝い。

「喉《のど》が渇いたでしょ」とご褒美（？）に、缶のトマトジュースを貰《もら》った。地元農園の有機栽培のトマトで作ったトマトジュースだ。

甘みと酸味を感じる濃厚トマトジュースをいただきながら、永山のお祖母ちゃんがお買物前から用意していたという、バターや卵を用意するのを眺めた。

「今日は何を焼くんですか？」

どんなケーキでも、焼くのはわくわく楽しみだったけれど、一応確認する。

そんな私に、永山のお祖母ちゃんは、にんまりと悪戯めいた笑いを浮かべて見せた。

「本物のシードケーキよ」

「本物の？」

「そう。本物の。バートラム・ホテルで食べられるような」

それを聞いて、私は「ああ！」と声を上げた。

「アガサ・クリスティの？」

「ええ、そう。今ね、古い小説をみんな読み返していたの。そうしたらね、なんだかもう、無性に食べてみたくなって」

本の中の食べ物って、どうしてあんなに美味《おい》しそうに見えるのかしらね、と永山のお祖母ちゃんが首を傾げてみせる。

「でもわかります。顎に垂れるくらいジャムたっぷりのマフィンとか、美味しそうですよね」

「そう！　そうよね！　嬉しいわ、貴方《あなた》も知っているのね」

「あ……はい。私も、ミス・マープル大好きなんです」

本物のシードケーキも、ジャムのマフィンも、アガサ・クリスティの小説、『バートラム・ホテルにて』の作中に出てくるお菓子だ。

ずっと『昔ながらの英国』の形を護《まも》り続けるホテルが作る、『本物』のお茶菓子達——。

「あ……じゃあ館脇君が古典小説に詳しかったのは、もしかして永山のお祖母ちゃんの影響ですか？」

不意に興味を惹《ひ》かれてそう問うと、彼女は頷いて見せた。

「そうね。私が好きな、クリスティ原作の古いドラマがきっかけかしら」

一緒にDVDなんかを見ているうちに、本の方にも興味を持つようになったのよ、と永山のお祖母ちゃんは言ってから、でも、と付け加えた。

「本当の理由は、私との話題作りの為だったのかもしれないわね。小さい頃から、大人にちょっと気を遣う子だったのよ。私が喜ぶ話題が本だったから、その為に読むようになったんじゃないかしら」

「ああ、なるほど」

確かに館脇君は、『永山のお祖母ちゃん』を厳しい人だと、多少の緊張感を持って付き合っていたのは知っている。

昔学校の先生をしていたという永山のお祖母ちゃんは、実際館脇君のおじいちゃんおばあちゃんの中で、一番厳しい人だったというのだ。

そんなお祖母ちゃんと楽しく語らうために、館脇君が何か共通の話題になるものを探したとしても不思議はない。

「館脇君らしいですね」

でも、お陰で私も、館脇君と本の話題で盛り上がることがよくあった。

古典ミステリは、私と館脇君の共通言語の一つだったので、話題に困った時はいつもその話をした。

本の良いところは、好きな本を前にしたら、年齢も性別も関係ないってことだと思う。

永山のお祖母ちゃんと私は、何度か挨拶《あいさつ》をしたくらいで、ほとんど会話らしい会話をした事がなかった。

けれど館脇君は、永山のお祖母《ばあ》ちゃんに友人である私の事を話していたし、私も館脇君からお祖母ちゃんのことは聞いていた。

一九六五年に書かれた異国の本と、今はここにいない館脇君が、私と永山のお祖母ちゃんを結びつける――縁って、とても不思議。

そもそも私も当麻《とうま》のお祖母ちゃんが行方不明にならなければ、館脇君が永山で櫻子さんの家の前を通らなければ――彼女がお祖母ちゃんの骨を夏の木々の中に見つけなかったら、今の私ですら存在していなかったようにも思う。

出会いは本当に不思議だ――不思議で、こんなにも尊いんだ。

■弐

当麻のお祖母ちゃんは、時々小さい私とお菓子を作ってくれた。

と、いっても、簡単なドーナツとかクッキーくらいで、むしろチーズケーキだとかシフォンだとか、もうちょっとちゃんとレシピが必要なお菓子は、蘭香が好んで作った。

蘭香がものすごいお菓子作りに慣れているって訳じゃなくて、今思えばあれも私と蘭香を結びつける娯楽の一つだったのだと思う。

二人でよく、焼き上がったぺしゃんこのスポンジの前で大笑いして、それでも美味しく食べたものだった。

永山のお祖母ちゃんは、私や蘭香よりもちゃんとお菓子を作れる人だった。

「昔はね、赤毛のアンとかにも憧《あこが》れたのよ。あとメアリー・ポピンズとか」

そういった古い作品に憧れて、外国の焼き菓子をよく作ったという永山のお祖母ちゃんは、確かにすごい手際が良かった。

と、いっても、実際ボウルの中身を混ぜたりするのは、今日は私の作業だ。

学校の先生だっただけあって、永山のお祖母ちゃんは指示がとても上手で、私は慣れないながらも、常温でとぅるんとすっかり柔らかくなったバターと、グラニュー糖をふんわりするまで混ぜてから、溶いた卵を加えていく。

「卵の割合が多いから、分離しないように少しずつ丁寧にね。無理そうなら途中から粉と一緒に加えてもいいわ」

と、永山のお祖母ちゃん。

「分離……いっつもなんだか綺麗《きれい》に混ざらなくて、バターがボツボツつぶつぶしちゃうんですよね」

「それは卵の分量が多いか、卵の温度が低いせいね。バターも卵も、しっかり常温にしておいて上げるのが大事よ。結局油分と水分だから、温度差はない方が良いし、面倒でもスプーンで一さじ卵を入れて、しっかり混ぜ合わせて……を繰り返すといいわ」

「そうだったんだ……」

「あと、バターをレンジで溶かしたりしていない？」

「あ、はい、してました」

「そうするとバターの温度も上がってしまうし、クリーム状にならないの」

「なるほど……」

とはいえ、分離した状態でも粉を入れて焼いてしまえば、膨らまなくてもそれなりに、それなりなカップケーキやパウンドケーキが、なんとなーく焼き上がったから、当時はそんなに気にしていなかったんだけれど。

だけど今日私が作っているのは、『本物のシードケーキ』なのだから、ちゃんと正しく作らなきゃ。

そうして練ったバターと卵に、薄力粉とベーキングパウダーを混ぜた粉を、一緒に篩《ふる》いながら入れた。

粉を入れて混ぜるのは、練るのではなく切るように。

「じゃないと、グルテンが結合してしまって、熱を入れると膨らむ前にかたまってしまうのよ。生焼けになったり、もそもそしてしまうから、ヘラでさっくり、けれどちゃんと混ぜ合わせてね」

「はい」

レシピには、こうしてくださいああしてくださいとは書かれていても、グルテンが～とか、こんな風に化学的なメカニズムまでは書かれていない。

「バターを溶かすと、膨らまなくなっちゃうのはどうしてなんですか？」

「バターはね、クリーム状になることで、空気を抱き込む性質があるの。だからレンジで溶かして液体にしてしまうと、空気を抱く力を失ってしまうのよ」

永山のお祖母ちゃんの話では、ケーキがふっくら膨らむのは、卵の水分による水蒸気と、バターを加熱することによる、空気の熱膨張によるものらしい。

更に小麦粉は そのデンプン質が生地をつなげる糊《のり》の役割をしているのだけれど、あまり練って水分と結合させすぎてしまうと、固まりすぎてしまうというわけだそうだ。

「ケーキって……すごい化学なんですね」

「そうね。でもメカニズムさえわかれば、何をどう気を付ければいいかもわかるでしょ？」

なんでも勉強ね、とお祖母ちゃんは言って、ボウルの中に細長くて細かい種と、刻んだドライフルーツを混ぜ込んだ。

この種がキャラウエイシード。

シードケーキがシードケーキたる所以《ゆえん》だ。

見た目はカレーのクミンみたいなのに、香りはなんとなく乾燥したラベンダーに似ている気がする。

爽《さわ》やかで好ましい半面、私は元々食べ物にラベンダーを入れる、富良野《ふらの》周辺から派生した味が、あまり好きじゃなかった。

香りはとても好きだけれど、果たして食欲を誘う味だろうか？

ラベンダーソフトとか、ラベンダークッキーだとか。

あれはまさに、観光地だからこそ成立する味のように思ってしまう。

だからほんのちょっと、シードケーキの味が不安だった。

食べられなかったらどうしよう……。

「美味《おい》しいと良いな」

思わず呟《つぶや》く私に、「大丈夫よ」と声をかけ、永山のお祖母ちゃんが丸いケーキ型を用意した。

中に生地を流し込み、上に砂糖を振ってから、一七〇度に温めたオーブンで、じっくり五〇分。

思い出話に浸るにはぴったりだった。

オーブンにいれたケーキが焼けていくこの時間は、わくわくするしすごい良い香りがして、最高の時間だと思う。

永山のお祖母ちゃんは、さあ待ちましょう、と言って、紅茶を一杯用意してくれた。

「なんだか嬉《うれ》しいわ。うちはね、孫はみんな男の子だから。こんな風に一緒にキッチンに立ってみたかったのよね」

と、永山のお祖母ちゃんがくすぐったそうな笑顔で言う。

「私の祖母も昔、孫と流しに立てるのが嬉しいって言ってくれました。その当時も今日も、戦力って感じじゃないですけど」

あの頃はまだ小学生だった。でも今もそんなに上手にケーキが作れたとは思えない。

「もう少し家事とか覚えなきゃって反省してます」

と、そう笑うと、永山のお祖母ちゃんは紅茶の湯気をふう、と吹くようにして「そうねぇ」と言った。

「でもこれからは、無理に女の子だからって、家事を頑張らなくてもいい時代なんだと思うけれど」

「……そうですか？」

「男の子だからって、そういうことをしなくていい時代でもないでしょう。正ちゃんも今、自分で家事を頑張ってるみたいだし。これからは女の子も仕事だとか、得意な事を一生懸命やっていけばいいと思うわ」

その時出来る人が、出来るようにやればいいのよ家事なんて——と、随分前衛的な言葉が返ってきて、少し驚く。

もっとガチガチに厳しい人だと思ったのに。

「まあ、一番大事なのは、貴方達《あなた》が幸せに暮らすことでしょう。将来って、そういうものじゃないかしらね」

「私が、幸せに……ですか」

「そうよ。おじいちゃんおばあちゃん達にとっては、それが一番大事よ」

親よりもっと無責任に、孫の幸せだけ祈れるのが祖父母だと、永山のお祖母《ばあ》ちゃんが言った。

当麻のお祖母ちゃんだったら、なんと言っただろう。

でもきっと彼女も、私が幸せになる事を一番に望んでくれているはずだ。

永山のお祖母ちゃんは、私を通して館脇君の事を想い、本当は館脇君の幸せを願っているのだろう。

私もまた、永山のお祖母ちゃんを通して、当麻のお祖母ちゃんの事を偲《しの》んだ――オバアチャン　ニ　アイタイ。

なんだか不意にしんみりしてしまった。

それでも、私は外面と会話の要領だけはいい。

そつなく世間話に切り替えて、お茶を濁した。

最近、市内各地で花壇のお花が盗まれる事件が起きている事とか、駅前に出来た新しいホテルの話、みるみる変わっていく駅前の風景の話をしている内に、ケーキが焼き上がった。

中心がふっくらこんもりと盛り上がり、ごつごつと美味しそうな亀裂《きれつ》が入っている。

「うわ……すごい、こんな綺麗に焼けたのはじめて」

永山のお祖母ちゃんのお陰とはいえ、思わず驚いてしまった。

「ほんと、上手に焼けたわね」

お祖母ちゃんも誇らしげに言ってくれたので、私は嬉しくてさっそくスマホで写真に収め、館脇君と蘭香に送信した。

「正ちゃんがいたら、食べて貰《もら》えるのにね」

そう永山のお祖母ちゃんが少し寂しそうに言う。

「確かに館脇君、こういうシンプルな焼き菓子とかも、喜んで食べてくれそう」

目の前のケーキは、所謂《いわゆる》『焼き菓子』といった感じで、『ケーキ』という響き特有の、華々しさというものがない。

でも、館脇君なら——そして櫻子さんなら、たっぷりの紅茶と一緒に、このシードケーキを喜んで食べてくれるだろう。

ばあやさんだって、きっと喜んで褒めてくれたのに……。

つい感傷的になってしまって、私は両目をぎゅっと強く閉じた。

大丈夫——これは悲しみの涙じゃなくて、湯気が目にしみただけだから。

「あの子は本当に何を作っても、美味しいって食べてくれるのよね。昔から。食べず嫌いのない子なのよ。偉いわ」

ふふ、と思い出したように永山のお祖母ちゃんが笑う。

「……館脇君って、そういう間口が広いですよね。食べ物も、人も。私も見習わなきゃ」

「でも、ちゃんと苦手な物も、好きな物もあったわよ。あの子、あんまり昆布が好きじゃないの」

「へえ？　何でだろう」

「幼稚園の頃、うっかり昆布の煮付けをずるっと飲み込んで、窒息しそうになったの」

「ああ……それは怖い」

確かに昆布は独特のぬめりがあるから、ずるっと喉《のど》に入ってしまうのもわかる。

そんな彼が、毎回一番喜んだのは、ホットケーキだったらしい。

確かに私と食べに行っても、毎回彼は喜んでよく食べた。

五歳の頃に、大きく焼いたふっくらホットケーキを三枚、一人でぺろりと食べたのよと、永山のお祖母ちゃんは、壁の写真を指差して言った。

壁に飾られた、館脇君とそのお兄さん、それぞれの七五三の写真に思わず顔がほころんだ。

「じゃあ館脇君、このホールケーキもあっという間に食べてくれそう」

「そうなのよね。でもありがたいのよ。お菓子作りって、食べてくれる人がいないと、作っても無駄になるだけだから」

「確かに」

今日もお祖母ちゃん一人では多すぎるので、ケーキは半分こにして、私も家に持って行く事になった。

二〜三日、朝ご飯はこのケーキになりそうだ。

けれどまず焼き上がったばかりの、まだほわほわ湯気が立つケーキを切り分け、たっぷり濃厚なミルクティと一緒にいただくことにした。

焼きたては、作った人の特権！

一口食べると、それは少し大人の味だった。

爽やかな風味のキャラウェイシードは、想像した程嫌ではなかったけれど、少しほろ苦い。同じく甘いだけではない、オレンジピールの苦みと酸味——多分子供の頃だと、私だったら美味しいとは思えない味だっただろう。

でも今は、ちゃんと美味しい。私も少しは成長してるんだ。

なにより紅茶にとってもよく合う——というか、相乗効果でどっちもより美味しく感じる。

ああ、だからお茶菓子なんだって思った。

美味しいケーキと紅茶を楽しみながら、一度中断してしまった館脇君の幼い頃の話題に耳を傾ける。

今日は他愛ない思い出話が、爽やかにほろ苦くて甘い——シードケーキと一緒。

「館脇君、本当におばあちゃんっこですよね」

「そうね。母親の負担になりすぎないようにって、あの子なりに思ってたんでしょうね」

「そうですか」

だけど理由があるからって、あざといというか、無理をした感じがないのが、館脇君らしさなのだろう。

館脇君は、お世話をしてくれる人みんなに、大好き！　って愛嬌《あいきょう》を振りまく、可愛いちゃっかりもののヘクターに、ちょっと似ている。

「お母さんに甘えられなくても、大好きなお祖母ちゃんとお祖父《じい》ちゃんがいるから大丈夫って、そう思ったんでしょうね」

「そうね、小学校に上がる少し前だったかしら、『大きくなったら、おばあちゃんと結婚する！』なんて言ってくれてね」

ふふふ、と笑う永山のお祖母ちゃん。

しかも館脇君は、母方のお祖母ちゃんと永山のお祖母ちゃん、どっちも好きだから、二人ともと結婚すると言ったらしい。

「だからね、主人が『そんな嫁さんを二人もだなんて、アラブの石油王にでもならなきゃ無理だぞ』って言ったのよ。そうしたらねぇ……」

と、言って、永山のお祖母ちゃんが、壁に飾ってあった写真を一つ手にとった。

裏返し、ガラスに注意するようにして、かた、と額の裏面を開いた。

「………」

思わず息を殺してのぞき込む私に、永山のお祖母ちゃんが、眼鏡の奥でにんまりしてみせた。

「……あ」

裏側の板を外すと、写真と板の間に、半分に折った一枚の画用紙が挟んであった。

それを大事そうに引っ張りだし、永山のお祖母ちゃんがもったいぶったように開く。

「え……これっ……」

それは絵だった。

クレヨンで描かれた、可愛らしい子供らしいタッチ。

それは館脇君と思《おぼ》しき男の子と、そして白いドレスのお姫様が、両隣に二人描かれていた——きっと大好きな花嫁姿のお祖母ちゃん二人だろう。

そしてその可愛い花嫁さんの右横に『せきゆおうになるよ』と、でっかい将来の夢が書かれていた。

「ぷっ」

私は思わず噴き出してしまった。

「せ、石油王って……」

「もうあんまり可愛くて、しばらく壁に飾ってたんだけど、小学校高学年になったら、剝《は》がして！　って怒られちゃって。ふふふ、だからここにこっそり隠してるのよ」

私は我慢出来ずに笑ってしまったけれど、お祖母ちゃんは笑いながらも、心底それが可愛いというように、絵を胸に抱きしめた。

でもなんていったって石油王だ。海賊王なみにハードルが高い。

しかも理由が、富を得たいとかじゃなく、お祖母《ばあ》ちゃん二人をお嫁さんにしたいからだなんて。

これはさすがの館脇君も黒歴史に違いない。

可愛くて、そして愛《いと》おしい彼の小さな頃の思い出話に、つかの間永山のお祖母ちゃんと笑う。

あんまりおかしくて、お祖母ちゃんは目の端に涙を浮かべていた。

「でもそういえば私も、幼稚園ぐらいの時に東京ファンタジーランドに家族で行って、お祖母ちゃんにハガキを送ったのを思い出しました」

確か私も『大きくなったら王子さまと結婚して、プリンセスになるから、一緒にお城で暮らそうね』って書いた筈《はず》だ。

子供は小さなうちは、みんな王子様でお姫様なんだ。

私がそうじゃないって気がついたのは、いったい何歳の時だったんだろう――。

恥ずかしくて、少し寂しい。

思い出は、キャラウェイシードの味がする。

■参

館脇君に送ったメールにまだレスはつかなかったけれど、あとできっと返してくれるだろう。

結局私と永山のお祖母ちゃんは、それから話がなかなか尽きなくて、気がつけば午後六時近くまで話し込んでしまった。

シードケーキを半分と、他にも永山のお祖母ちゃんの妹さんが送ってきたという、千葉の落花生を一袋とびわゼリーをしっかり持たされて、夕暮れの中帰途についた。

またいつでも遊びにいらっしゃいと言われて、なんとなく私にもお祖母ちゃんが出来たような、そんな嬉《うれ》しい気持ちになった。


夕食後、両親がケーキを食べてみたいというので、少し薄めに一切れ、自分の分も用意した。

紅茶はいつも館脇君が飲んでいる、いつもの紅茶店の焼茶《やきちゃ》だ。

シードケーキは焼きたての頃よりもしっとりとして、食べた時の香りの爽やかさが、より増した気がする。

焼きたても美味《おい》しいけれど、これは冷めてからの方がより美味しい。

両親にも好評で、今度は自分一人でも作ってみようと思った。でも正直、一人ではこんな風には上手に焼ける自信がない。結局失敗して、また自分にガッカリするのがオチのような気もしてきた。

「……なさけないね、おばあちゃん」

思わずそう自分の部屋でひとりごちて、お祖父ちゃんの絵を見上げた。

昨年とうとう全て引き払ってしまった、お祖母ちゃんの家から持ってきた絵。櫻子さんが見つけてくれた、当麻の朝焼けの絵。

お祖父ちゃんの描いた絵は、結局全て捨てずに残してある。

お祖母ちゃんが私がお嫁に行くときに、その中の一枚を、私に贈りたいと言ってくれていたからだ。

それがどれなのか、櫻子さんに探して貰《もら》ってはみたものの、結局まだわからずじまいだ。

その中で一番気に入っているこの絵と、櫻子さんが選んでくれた三枚の絵は、私の部屋に飾っている。

お祖母ちゃんからのメッセージを、私はまだ受け取れていない。

でも焦ることはないって、櫻子さんは言っていた。いつかわかるといい。私がお嫁に行く前には。プリンセスにはなれないけれど――。

「…………」

そこまで考えて、私はふっと、ある事に気がついた。

「プリンセス……石油王の、黒歴史」

残しているのはお祖父ちゃんの絵だけじゃない。

私から送った手紙達。

自分が残していたお祖母ちゃんからの手紙と合わせると、当時の事をくっきりと思い出せて懐かしく、いまだに棄てずにとってあるのだ。

私はそれを全部ひっくり返して、一通一通確認した。

だけど思った通り、一通のハガキだけ見つからなかった。

「……やっぱり……あのハガキがない。プリンセスの」

勿論《もちろん》私が忘れている手紙もあるだろうけれど、でもぱっと見、お祖母ちゃんはだいたい手紙は全部とっておいてくれているように思う。

なのに、あのハガキだけないなんて。

「お母さん。お祖母ちゃんの家にあった絵……額縁に入ってるのは、みんなそのまま飾ってるよね？」

慌てて自分の部屋を飛び出して、リビングでドラマを見ていた母に問うた。

「え？　ええ、そうだったはずだけど？」

「絵の裏に、何か入ってるの見なかった？」

「さあ？　わざわざ外して見てないから……どうかした？」

美顔ローラーで顎《あご》まわりをコロコロしながら、私の剣幕に驚いたように母が眉《まゆ》を顰《ひそ》めた。

「……ううん、ちょっと」

丁度お風呂《ふろ》から出てきた父にも、同じ事を聞いたけれど、お父さんも額縁の中まで確認はしていないみたいだ。

当麻で額に入れられていたお祖父《じい》ちゃんの絵は、今はそのまま我が家のあちこちに飾られている。

「ちょっと借りるね！」

私は怪訝《けげん》そうな両親を尻目《しりめ》に、リビングや廊下の絵を、片っ端から外して部屋に運んだ。

なんだか妙に心臓がばくばくと高鳴った。

絵を抱えて階段を上り下りする私の脳裏に、櫻子さんの言葉が――あの不敵で、それでいて優しい笑顔が過《よぎ》る。

――その絵は、必ず君自身で見つけられる筈だと、私は信じている。

その言葉を信じる自分と、そんな風に自分を信じられない自分が、いつも私の中にいたけれど、でも――今は信じたい。

ベッドの上に絵を置いて、慎重に一枚一枚裏返し、裏板を外す。

旭山で飼育されていた象の絵、ずっと昔お祖父ちゃんが飼っていた、白い雑種犬のマロン君の絵、今は閉館してしまった、雪の美術館の絵……。

全部開けてみたけれど、絵の裏には何もなかった。

後は私の部屋に飾ってある絵だけだ。

四枚のうち二枚は、額に入れずにそのまま壁に作った小さな棚に、直置きしてある。だから額に入っているのは、櫻子さんが選んでくれた摩周湖《ましゅうこ》の風景画と、お祖母ちゃんが亡くなった場所の、あの朝焼けの絵だけだ。

残りたったの一枚……だけど、私はうっすらと確信めいた予感を感じていた。

震える手で、摩周湖の絵を確認する――これも外れ。

深呼吸をひとつ。最後の一枚――は、あの、当麻の朝焼けの絵だ。

緊張や不安で一瞬手が止りそうだったけど、それでもそっと、手を動かした。

かたん、と微《かす》かな音を立てて、額の裏板を持ち上げる……と、カサ、と乾いた音がした。

「…………」

そこにはあの絵はがきと、『百合子へ』と書かれた一通の手紙がしのばされていた。

■終

手紙を開く前に、封筒を胸に押しつけた。

お祖母《ばあ》ちゃんのぬくもりを感じるように。

深呼吸をいくつかしてから、そっと封筒を開く。

そしてそれを見た瞬間、嬉しさに心臓が止りそうなほど震えた。


結婚おめでとう、百合ちゃん。

この手紙を見ているという事は、私はもう、直接貴方《あなた》に『おめでとう』を言えないのでしょうね――。


『結婚おめでとう』から始まる、お祖母ちゃんからのメッセージ。

それは未来の私に宛てた、お祖母ちゃんの手紙だった。

懐かしい、愛《いと》おしいお祖母ちゃんの文字に、目頭が燃えるように熱くなった。

手紙には、自分はもうこの世にいないであろう事、そして私の新しい門出を祝う、お祖母ちゃんの優しい言葉が綴《つづ》られていた。

一瞬続きを見るかどうか戸惑ったのは、それが私の結婚を祝う内容だったからだ。

今の私は結婚はおろか、恋人だっていないのに。

でも、私は読む手を止められなかった。

だってお祖母ちゃんからのメッセージだ——ゴメン、未来の私。

それに知りたかった——どうしてお祖母ちゃんは、私にこの絵を残したのか。

どうして摩周湖の絵ではなく、あの馬の絵でもなく、カサブランカでも、梅の木の絵でもなく、どうしてこの絵だったのか。

手紙を読み進めると、その答えはすぐにわかった。

お祖母ちゃんには、人生の中で一生忘れられない朝焼けが二回あったという。

この絵に描かれた場所は、お祖父ちゃんがお祖母ちゃんに、プロポーズした場所らしい。

その日見た朝焼けと、そして私が生まれた朝、病院の窓から見た空だ。

色々な事があるけれど、介護も大変だけど、それでも今でもお祖父ちゃんは、お祖母ちゃんにとって『王子様』だった。

そんな王子様の面影のある、朝焼けの中で生まれた私は、お祖母ちゃんにとってまさしく唯一無二の『プリンセス』なのだと。

少し怖がりだけれど、優しくて賢い貴方なら、きっと素敵な王子様と出会えたのでしょう。

貴方ならきっと大丈夫。

朝焼けを見ると、人間は幸せで、健康になれるんですって。

百合ちゃんがこれから、毎日元気でいられるように、そして貴方の家族もみんな幸せになれるように、この絵を贈ります。

おとぎ話のプリンセス達よりも、うんと幸せになってちょうだいね。

「おばあちゃん……」

過去は優しく愛おしい。

懐かしい時間を振り返ってばかりで、今を厭《いと》い、先に進むのが怖くなってしまう事もある。

でも過去があるから今と未来がある。

バートラム・ホテルに集った人達にとって、美しかった過去は、本物のシードケーキが連れてきた。

私には石油王だ。

ありがとう、館脇君――やっと見つけた。お祖母ちゃんのメッセージ。

昔から失敗するのが怖かった。誰かに嫌われることも。そうなるくらいなら、嫌でも色々な事を我慢した方がマシだって、ずっと思ってきた。

石橋を叩《たた》くだけ叩いて先に進まないような、先に渡ってくれる誰かを待つような。

待つのは楽だ。たとえ失敗したとしても、先にいった誰かを言い訳に出来るから。

だけど受け継がれてきた愛情に生かされて、今の自分がある。

こうやって、未来の私とその家族を、こんなにも想ってくれていた人が確かにいたのだ。

私なら大丈夫だよって、そう信じて勇気づけてくれた人が。

無条件の信頼と、無償の愛情。

それを与えてくれたのは、まさしくお祖母ちゃんが、私のお祖母ちゃんだったからだ。

櫻子さんは、血よりも濃い水はあると言っていたけれど。

脈々と続く歴史のような、命を繋《つな》ぐ赤い血が生む愛情もある。

時間が進んだ先に待っている独りは悲しい。

でもこの寂しさは、確かに幸せな時間を知っている、愛されていた証《あかし》なんだろう。

お祖母ちゃんの喪失は、私に罪悪感と後悔を生んだ。

そして今、蘭香が傍にいなくなって、私は自分の身体の半分が無くなっちゃったような気持ちになった。

相談できる館脇君と櫻子さんがいなくなって、思考力だけじゃなく自分の自信までなくなってしまったような気がした。

でも、そうじゃないんだ。

みんなきっとこうやって先に進むんだ。

与えられた愛情を力にして、独りでも先に進んでいくのが成長なんだろう。

だからもう、人の背中に隠れて、自分だけ傷つかないように、安全な道だけ選ぶのはやめにしよう。

私はちゃんと、愛されていた事を知っているんだから。


そう心を奮い立たせたとき、館脇君から返信が届いた。

ケーキを褒めながらも、彼は永山のお祖母ちゃんと私が一緒にケーキを焼いた事に、ちょっと戸惑っているらしい。

電話できるか聞いたら、快諾してくれたのですぐに通話を繋いだ。

『それで、なんで永山のお祖母ちゃんと？』

第一声、彼は不快や不審に思っているよりも、面白がっているような声で聞いてきた。

「たまたま出先で会って、意気投合したの」

『へえ、元気だった？　じいちゃんが入院中だから、寂しくないか心配してたんだよね』

「だったら連絡してあげなよ、たまには」

お祖母ちゃん、きっとすごく喜ぶよ、と私が言うと、彼は「確かに。じゃあ明日《あした》電話する」と言った。

そうだよ。話を出来る時に、ちゃんと話しておかなくちゃ。

「それでね……ちょっと話は変わるんだけど……」

と、私はさっそく、以前櫻子さんと一緒に探した、『お祖母ちゃんの絵』が、櫻子さんの言う通り、確かに自分自身で見つけられたことを話した。

『本当に⁉　おめでとう！　良かったあ』

その報告に、館脇君はまるで自分の事のように喜んでくれて、胸が熱くなる。

「ずっと、子供の頃に描いた絵はがきも、大事にとっておいてくれたの。ファンタジーランドから送ったハガキを。私、プリンセスになるって書いてた」

『ふふふ、お祖母ちゃん達って、変な物を大事にしてるよね』

館脇君の電話越しに笑う声、息づかいに私は自分を奮い立たせた――そうだよ、待つだけの自分からは、私、もう卒業するんだから！

「だからね、今度もう一度ファンタジーランドに行こうと思うんだけど……館脇君、一緒に行かない？」

勇気を一滴残らず絞りに絞って、そう切り出す。

『あー、せっかくこっちにいるのに、そういえば行ったことないや。いいよ、一緒に行こう！　大学で仲良くなった友人がいるから、みんなで一緒に――』

と館脇君が言いかけたので、私は慌てて「ううん」と返した。

『え？』

「ふ……『二人だけ』がいい――駄目？　石油王」

『……………』

一瞬、沈黙が返ってきた。

羞恥心《しゅうちしん》に頬が、耳が熱くなるのを感じた。

でも、返事の代わりに、館脇君は急に声を上げて笑った。

『いいよ』

笑いながら短く彼はそう言った。

その『いいよ』が、何をどこまで考えてくれた『いいよ』なのかはわからなかったけれど。

それでも、一歩前進。

私は館脇君の笑い声をききながら、小さくガッツポーズをした。

File.3　ラ・ヴォワザン夫人殺人事件

■壱

私の新しい別荘のリフォームが無事終わった。

東藤《とうどう》の叔祖父《おおおじ》さま、画家の東藤龍生《りゅうせい》の元アトリエとしてのよい部分はそのままに、昏《くら》い部分は全て壁の中に塗り込めた。

どんな家にだって、見えてはいけない部分があるものだから。

市内中心部から離れた場所にしたのは、広い庭が欲しかった事に加え、無粋な他の人工物を視界に入れたくなかったからだ。

春を迎え、雪解けの濡《ぬ》れた庭にスプリングエフェメラル達がそっと花開いた頃、私はそれをしみじみ思った。

福寿草《ふくじゅそう》に待雪草《まつゆきそう》、延齢草《えんれいそう》、蝦夷延胡索《えぞえんごさく》――あわい命の咲く春に、私はこの別荘を、『竜胆庵《りんどうあん》』と名付けた。

竜胆は秋の花だけれど、ここは『龍生』の元アトリエであり――そして竜胆は亡き母の好きな花だったから。

竜胆の花言葉は『悲しんでいるあなたを愛する』。

母はあまり上手な生き方をした人ではなかった。

多分、不幸な人だった。

私はずっと、『母のようにはなるまい』という想いが強くあったし、母も私を愛してはいなかったように思う。

母はひたすらに自分の父を、今は亡き私の祖父を憎んで生きた。

祖父に可愛がられる私の事すらも嫌悪して、そして結局呪うように、若くして病で逝《い》った。

憎まれるよりは愛される方が、敵であるよりは味方になって貰《もら》う方が、人生はずっと生きやすい。

祖父に反抗し、無闇に抗《あらが》う事しか知らない母を、私は愚かだと思っていた。

けれどこうやって年齢を重ねていくうちに、母の苦労への理解や、感謝が深まっていく気がしている。

愛せなかった母への贖罪《しょくざい》というほど、殊勝な気持ちではないけれど、彼女を忘れたくない気持ちを込めて、私はここに竜胆の名を冠した。

何より竜胆は美しい。青く、いつも凜《りん》としている。

土地にゆとりのある地区だけあって、竜胆庵の周辺には、庭自慢のお宅が何軒かあった。有名なファームもそう遠くなく、どこの家もこぞって広い敷地に綺麗《きれい》な庭を整えている。春を過ぎ、これからより一層、このあたりは華やかになる。

竜胆庵も秋までに一つ形を整える予定——大切な人を迎えるために。

まだ準備段階だから焦りすぎてもいけないけれど、期待はとてもしているの。

何故なら今年、この庭を整えるのは私ではないから。

私はあくまでオーナーで、ここで庭を愛《め》でて、出資する係。


甘酸っぱい香りのローズヒップティを入れて、カフェテーブルの上に置く。

「ここ、やっぱ薔薇《ばら》のオベリスクを作りましょうよ。ラティスやトレリスでもいいけど。どっちが好きですか？」

そうタブレットの造園アプリで、配置図を作りながら言ったのは、正ちゃんの担任の先生だった磯崎《いそざき》君だ。

オベリスクは円錐《えんすい》状に薔薇を誘引するアイアンフレームの事。つる薔薇をアーチ状ではなく縦に伸ばす為のものだ。

ラティスとトレリスは、格子状に板が張られたフェンスとデコレーション用フェンスの事。

「そうね、何を植える予定なの？」

「小薔薇もいいけど……オベリスクの高さを控えめにして、超強香のローズ・ポンパドゥールとか？　濃いピンク色でかわいい」

「それはかわいい」

「でしょう、すごくかわいい」

嬉《うれ》しそうに磯崎君が笑う。『かわいい』という単語を、ここまで嫌みも下心もなく使いこなせる男性を、私は知らない。

タブレット片手に、我が物顔でソファにふんぞり返っていても、磯崎齋《いつき》は大変目に佳《よ》い。

と、言っても、私は別に、彼を美しいからこの家に招いているわけではなかった。

彼は私の愛人でも、恋人でも、友人でもない——彼は今ここでは、私専属の庭師なのだ。

「カップ咲きからロゼット咲きになるのも、オーナー好きでしょう？」

「ええ、すごく好き」

「アブラハム・ダービーを、オベリスクで大きく育てるのもいいかな。耐暑性と耐寒性を考えたら、旭川向きだし……もう廃番だけど、確かオーナーの庭にありましたよね」

「ええ。こっちに植え替えるのもいいわね」

まったくよく覚えていると感心する。

とはいえ櫻子にとって骨が、呼吸をするのと同じ位、必要欠くべからざる存在だったように、磯崎君は花を知悉《ちしつ》し、耽溺《たんでき》している。

私も磯崎君も、もっとも愛する花は薔薇だ。

香りのない薔薇は、笑わない美人と同じ。ダマスク、ティー、ムスク、アルバ、ミルラ——中でもいっとう、私達は香りの良い薔薇が好きなのだ。

異性の友人という程親しくもなく、それでいて変に気を遣う必要もないのも快適だけれど、私には彼の才能が麗しい。

本当は正当な報酬を払いたかったけれど、彼の学校では副業は認められていないそうだ。

そのかわり、彼は私の居ない日や、私の都合が悪くない日は、竜胆庵を使って良いことにしているし、趣味の庭弄《いじ》りを、ここで思う存分に楽しんで良いことにしている。

庭が美しくなると言うなら、私はお金を惜しまないし、磯崎君は好きに庭を整えられるのが嬉しいそうだから、一応はギブアンドテイク……という事になるのだろうか？

私としては、それが正当な対価には思えないので、その分どうにかして返していきたいと思ってやまない。

そのくらい、私は彼を気に入っているのだ。

美しいガーデンは、誰にでも造れる物ではない。

彼は高校の教師であるけれど、私は彼のそのナルシシズムと気難しさは、芸術家のそれであると思っている。

私はそこが、大好きだった。

私の祖父は、自分自身に芸術の才能がないと知るや、彼らを育てるパトロンとしての道を選んだ人だった。

叔祖父をはじめ、祖父がこの世に送り出した芸術家は少なくない。

そして彼はその役割を、私に与えて逝った。

私も祖父も、ミューズの寵愛《ちょうあい》を受けた者達の奴隷なのだ。その才能に抗えないし、彼らの力になれることに、たまらなく喜びを感じる。

磯崎君には、そういう一筋の光を感じる。

選ばれた者にのみ感じる霊感のようなものを。

だのに彼は、美しい庭を造り上げたいというガーデナーのような欲求より、とにかく美しく、珍しい花を集め、心底愛でて育てたいという、圧倒的な執着心に囚《とら》われている。

そこが彼があえて生物教師という、花に直接関係しない仕事に就いた所以《ゆえん》でもあるのだろうか。

花屋ではない、庭師でも、花農家でもなく、純然たる趣味と知的好奇心で花に傾倒する彼は、どこか櫻子に似ている。

櫻子――私の一番のお気に入り。

あの子の起こす問題は、いつも常軌を逸して、オリジナリティに溢《あふ》れていた。

そして私は――そういう唯一無二が大好きなのだ。

私に驚きを運んでくる櫻子が、ずっと可愛くて仕方がなかったけれど――でもあの子も、とうとう巣立ってしまったように感じる今、その役割を磯崎君に押しつけてしまっている気がしている。

……でも、どうやら磯崎君自身も、まんざらでもなさそうだ。

聞けば上に姉が二人いるというから、きっと可愛がられることにも慣れているのでしょう。

それに私は私で、慕われることに慣れている。

祖父が私に認めた唯一無二の才能は『愛されること』。

あの気難しい櫻子と、そしてあの子にどこか似ている磯崎君が、こんな風に私に付き合ってくれるのは、勿論私が『私』だからなのだ。

……と、長い前置きはさておき、我が竜胆庵と磯崎君との関係は、この通り極めて良好だったし、私も彼を信頼していた。

この穏やかな沈黙が破られたのは春のこと。

それは竜胆庵からそう遠くない、家の前の見事な古い桜の木が、今にも綻《ほころ》ぼうと蕾《つぼみ》を赤く染めたお宅——白河《しらかわ》邸の老主人が、我が家を訪ねてきたのがはじまりだった。

私が終えた玄関前のリフォーム後の状態を確認し、できたばかりの『竜胆庵』という少し大きな表札を、いったいどこに設置しようか悩んでいると、のっそり長身をかがめるようにして、白河老人が近づいてきた。

「こんにちは、お家《うち》の桜、明日《あした》にも咲きそうですね」

にっこりと愛想良く声をかけると、白河さんは、少し口元を引きつらせるようにして、無理矢理微笑んだ。

「ああ本当に、楽しみで……」

そう曖昧《あいまい》に答えて、白河さんは少し黙った。

どうかしましたか？　と視線で訴えるように笑顔を返す。

「その……」

「はい？」

「大変言いにくいんだが……」

「なんでしょう？　もしかして、家のリフォーム工事でご迷惑をおかけしてしまったでしょうか？　でしたら本当に申し訳ありません。今後はもうそう大きな工事は――」

「いやいや、そういう事じゃないんだ」

慌てて否定するように、白河さんが顔を横にふる――じゃあ、だったらいったい何でしょう？

「その……実は少し、町内会で」

「町内会で？」

「ああ。ここがいったいどんな場所なのかと」

「確かにまだ、きちんとご挨拶《あいさつ》できていませんでしたね。ここは元々叔祖父《おおおじ》のアトリエだったのですが、私が引き継ぎ、いずれは画廊にしようと思っています。が、今しばらくは――そう、秋からは、難病を患う友人の自宅療養を、ここで行う予定です」

隣人等には、あらかじめ話してあった筈《はず》だが――と私は付け加え、本格的にここで暮らす事になったら、勿論《もちろん》町内の皆さんとも、きちんとお付き合いしていくつもりだと、頭を下げた。

「………」

けれど白河さんは、眉間《みけん》に皺《しわ》を寄せただけだった。

「あの……？」

それがダメだと言われたとしても、ここは元々叔祖父のアトリエで、そもそも出資していたのは祖父だ。

叔祖父と養子であった清白《すずしろ》が亡くなったあと、同じく絵が好きだった叔父《おじ》が引き継ぎ、更に彼が亡くなった後はその子である従弟《いとこ》の耕治《こうじ》が継いだが、一族で芸術面の管理をしている私が上手《うま》く活《い》かすべきだと、元々旭川郊外で土地を探していた所、譲ってもらったのだった。

だからここは、ずっと東藤家の土地だ。広い庭も、小さな畑だった場所も全て。

「まだ何かございまして？」

私が首を傾げてみせると、白河さんは小さく溜息《ためいき》を洩《も》らした。

「……足の悪い画家先生の事は、私も覚えているし、奥さんも確かに少し顔が似ているよ。目元なんかが。だからあんたがここで……っていうのはいいんだが、おかしな事に使われるのは困る」

「おかしな……と、いうのは？　療養に？　それとも画廊の事ですか？」

「そうじゃない。が、今はいかがわしい事に使われてるだろう？」

「……はい？」

「最近よく若い女――しかも毎回違う女が、何人もここをウロウロしてるじゃないか」

「え？」

「ここは静かないい場所だからね。正直そういう人間に住んで貰《もら》いたくはないというのが、近隣の総意だ」

「それは……何かの間違いじゃありませんか？」

勿論周囲と揉《も》めるような事にはなりたくないけれど、ここで『いかがわしい事』が行われているという、事実無根な噂に屈する謂《い》われはない。

けれど彼は眉間に深い皺を刻んだまま、溜息と共にまだ未完成の庭に視線を送った。

「もう一人、ここに出入りしている若い男がいるだろう？　彼は知ってるんじゃないのか？」

まさか、磯崎君が？　ここに？　女性を？

「あの……それもまず考えられません」

他の誰かというならともかく、磯崎君がそんな事をするようには思えない。

信頼云々《うんぬん》ではなく、彼にはその必要がないという理由だけれど、確かに磯崎君を知らない白河さんと、これ以上この話をしても、理解はなかなかして貰えないだろう。

「本当に覚えのないお話なので、防犯カメラを設置して、これから調べてはみますが……私どもには関係のない事じゃないかと思います」

「そうだな。特に最近市内で、花泥棒が頻発しているというし、見知らぬ人間がうろつき回っている事にも、みんな不安な気持ちなんだ。これからは気をつけて欲しい」

「ええ、『今まで通り』気を付けます」

私は笑顔で無実を強調して、家の中に戻った。

私もここでは静かに暮らしたいし、近隣から煙たがれてしまうのは困る。

とはいえ、そんな身に覚えのない事であれこれ責められるのは、とっても気分が悪い。

「……だって、磯崎君よ？　ありえないでしょう」

そうだわ、ありえない。

ここには花があるのに、人間の事なんて、彼が人間の方に興味を持つ筈なんてないんだから。

■弐

「あるわけがないですね」

　ローズヒップティを一口飲んで、磯崎君がフッと半笑いで言った。

「そうよね、私もそうだと思って」

「わざわざここに呼ぶ理由がないですよね。まだ逢《あ》い引きに利用できるほど整っていない」

「そうね」

「そもそも、そんな面倒くさい事、頼まれたってしたくない」

「ええ、わかってるわ」

　彼はあくまで本業は教師で、正当な報酬が発生していない以上、私の庭を造ってくれるのは、あくまでプライベートのことなのだ。

　そして彼がわざわざプライベートの時間を、女性に費やすとは思えない。

　だって彼は、そういう人だから。

　だからこそ私は安心して、彼にここを任せているのだから。

「それで納得されるなら、いちいち僕に聞かないで戴《いただ》きたい」

　フン、ともう一度不愉快そうに鼻を鳴らし、磯崎君はきっぱりと言った。

　そうね、そうよね。

「とはいえ……白河さんが嘘をついているとも思えないし、お互いに現状を把握しておいた方がいいと思うの。花泥棒の件は私も聞いているし、入り口に防犯カメラを設置するわ。貴方《あなた》に覚えがなくとも、もしかしたらストーカーという可能性もあるでしょう？」

「すごい変装の名人だとか？　化粧でほとんど別人になる人だっているんだし……」

怪訝《けげん》そうに、彼が片眉《まゆ》を上げる。

「毎回違う女性に？」

「…………」

確かにそう言ってはみたものの、私も『なんだかおかしいな？』というのが、正直な感想だった。

磯崎君が、私を『本気で言ってるのか？』というように、訝《いぶか》しげな目で見た。

実際の所、見知らぬ女性がたまたま数人近くを歩いていたとか、警戒心の強い老人の誇張なのではないだろうか？　と思う。

花泥棒の事で普段よりまわりが気になってしまうのもわかる。

「そんな事より夏の庭はどうするんですか？　そっちは来年に向けてだとしても、もういい加減に作っていかないと」

ほら、と言って磯崎君は私にタブレットを突き出した。

「そうね、そうだったわ」

結局私達は、議論の必要すらないという結論に達して、その日はそれ以上『いかがわしい事』が話題に上る事はなかった。

秋にここに設楽《しだら》先生を迎え、彼が窓から四季折々の美しい庭を楽しめるように、私達は去年から準備しているのだ。

設楽先生が夏の庭を楽しむのは来年の夏のことだとしても、美しい庭は一日にしてならず。

正直、私達はこの件をまったく意に介していなかった。

とはいえ、防犯のためにも至急録画機能のあるインターフォンに変更する他、秋までは家主不在の日が多くなるので、防犯会社と契約した方がいいかもしれない。

何事も備えは必要だし、確かに以前清白が、犯罪に関わっていた可能性も否定できないのだ。

もし彼の関係者が訪れていたら、少し怖いから。

でもそのくらいの軽い気持ちだったというか、そこまで緊張感のある調子ではなかった。

それから私はなんだかんだと、道内外で仕事があったし、三年生の担任ではなくなったとはいえ、教師という仕事は基本的に暇なものでもない。

磯崎君もちょこちょこと作業に来てくれていたものの、あまり纏《まと》まった時間が取れず、結局私達が顔を合わせたのは、季節が変わりはじめる五月の終わり頃だった。

防犯設備は整えたけれど、私はすっかり件《くだん》の『いかがわしい事』の事は失念していた。

それよりも、準備もたけなわの秋の庭に完全に頭が向いていたという事もあるし、そもそも重大視していなかったのだった。

「そういえば、インターフォン付けたんですね」

朝早くから磯崎君と庭作業をして、昼食の休憩をしようと家に入った時、磯崎君がなにげなく言った。

「そうね、一応ね」

「備えあれば憂いなしだし、出たくない相手を無視するには良いですよ」

そう言う磯崎君に「確かに」と苦笑いをしながらも、私はインターフォンの録画履歴を再生した。

本当に軽い気持ちだった――なのに。

「……え？」

思わずボタンを押す指が止った。

「どうかしました？」

ミントティの為の、フレッシュなミントの入ったボウルを抱えた磯崎君が、リビングの入り口で顔を顰《しか》める私に、怪訝そうに声をかけてきた。

「それが……覚えている？　前に近所の白河さんが、うちに女性が出入りしているっていった話」

「ああ。ありましたね。それが何か？」

「………」

答える代わりに、彼にも映像を見るように促す。

「……何ですかこれ」

少しの間映像を見た磯崎君も、怪訝そうに眉を顰《ひそ》めている。

「やっぱり貴方も覚えがないのよね？　何かしら……気味が悪いわ」

それは確かに奇妙な映像だった。

毎日とは言わないけれど、確かに数日おきに、女性がこの家を訪ねてきていた。

年齢は十代から三十代くらいと、比較的幅広く、服装も様々。

しいていうなら、二十代くらいの女性が多めかな？　というくらいで、あまり彼女達に共通点のようなものは見られない。

でも彼女達は決まって怪訝そうにインターフォンを鳴らした後、何かを探すように玄関前をうろうろしてから、やがて諦《あきら》めたように帰って行く。

「貴方のストーカーとかじゃないわよね？」

「こんな何人も？」

「実は動画の配信をしていて、不特定多数の女性ファンがいるとか……」

「そんなことして、万が一学校にバレたらクビになりません？」

確かに……それもそうだ。

「じゃあまったく、貴方も知らない女性達？」

「ええ。むしろオーナーの関係の方という可能性は？」

「こんな何人も？　それに私、一度お会いした人の顔は忘れないの」

だけど来客者は一人も覚えのない女性達ばかりだ。

「一度警察に……内海《うつみ》君に相談してみたら、何か動いてくれるかしら？」

「まぁ……言えば巡回くらいはしてくれるかと思いますが」

確かに気味が悪いとはいえ、何か物が壊されたり、不法侵入などをされている訳でもない。警察も具体的に手の打ちようが無い気もする。

不名誉な噂は立っているものの、実害がないといえばないので、今すぐどうこうするという事でもなさそうね……私達はそう納得して、フレッシュミントティの準備にかかった。

モロッコで買った、アラビアンナイト風のポットの中に、中国緑茶の碧螺春《へきらしゅん》と角砂糖、そして揉《も》んで香りを出した、たっぷりのフレッシュミント。

そこに熱いお湯を注いで、お茶が入るのを待つ間に、磯崎君と二人、色とりどりで可愛らしくも、精緻《せいち》な柄のモロッコグラスを選んでいると、刹那《せつな》、インターフォンが鳴った。

あんまりびっくりして、思わず落としそうになったグラスを、磯崎君が慌てて摑《つか》んだ。

「…………」

まずもって、ここに訪ねて来る人はほとんどいない。

荷物などもここにはまだ、届くようにしていない。正直来客は八割厄介ごとのような気がする。

無意識に息を殺すようにしてインターフォンのディスプレイを覗《のぞ》くと、家の前に立っていたのは、やはり見覚えのない若い女性だった。

年齢は二十代前半だろうか？　ボブカットで、レトロなドット柄のスカートに、白いハイネックのブラウスを纏った、清楚《せいそ》な雰囲気のお嬢さんだった。

思わず磯崎君を見た。

彼は一瞬思案するように私と、そしてインターフォンを見てから、「僕が出ます」と言った。

「でも……」

確かに来客の女性は、ぱっと見暴力的な感じはしない。

だからといって、万が一にも彼に何かあっても困る。

けれど止めようとする私を彼はやんわりと制し、青いモロッコグラスと引き換えに、玄関に向かった。

とはいえ、彼だけに行かせるのは気が引ける。

一応何があってもいいように、私は斜め後ろでスマホを手に待機する。

何かあれば即通報できるように。

『110』をタップするだけタップしておくと同時に、磯崎君がドアを開けた。

そこには若い女性が、少し困ったような表情で立っていた。

「何か用ですか？」

「あ……あの……ラ・ヴォワザン夫人のお店ですか？」

「え？」

「ラ・ヴォワザン夫人のサロンは、こちらかと思って」

一瞬きょとんとして、私に振り返った磯崎君に、不安げにもう一度女性が言い直す。

「……今は17世紀じゃないと思ったけど」

「え？」

そう返した磯崎君に、今度は逆に女性がきょとんとした。

「いったいなんの冗談ですか？　それとも、何か意味があるのかな？」

眉間《みけん》に皺《しわ》を寄せたまま、少し威圧的に腕を組んで、磯崎君が問う。

「あ……あの……ごめんなさい、お宅を間違えたみたいです！」

それを見て、慌てて女性は逃げるように立ち去ろうとした。

「待って！」

けれどこのまま逃げられてしまっては、この謎の来客の理由がわからないままになってしまう。

少なくとも彼女に悪意があるようには見えなくて、私は磯崎君を押しのけるようにして、女性を呼び止めた。

「あ……ヴォワザン夫人ですか⁉」

彼女は私を見て、ほっとしたように立ち止まった。

「いえ……それは、人違いだと思うけれど……」

「そうですか……」

女性の顔にみるみる失望の色が浮かぶ。

「ただ、最近貴方《あなた》と同じように、若い女性が訪ねて来る事に、私達ずっと不思議がっていたの。ここは私の別荘で、あまり人が訪ねて来るような所じゃないのよ」

そう説明すると、彼女は「ああ」と頷《うなず》いた。

「ですよね。ちょっと不思議な感じの綺麗《きれい》なお宅だから、みんな間違うんじゃないかな」

「間違う？」

「はい。表札もないし」

「表札は……一応、ここにあるんだけれど」

私はそう言って、門の横の『竜胆庵』という看板を指差したけれど、確かに朽ちたような木製の看板で、しかもラベンダーに埋もれるように置かれているから、ぱっと見わからないとしても仕方がない。

「じゃあつまり、皆さんはその『ラ・ヴォワザン夫人のサロン』を探していると言う事ですか？」

磯崎君が、腕組みをしたまま聞くと、彼女はゆっくりと頷いた。

場所を間違えている、というのはどうやらわかったけれど、その『ラ・ヴォワザン夫人』とは誰なのだろうか？

「ごめんなさい」もう少し詳しくお話を伺っても良いかしら？　今ちょうど、ミントティを淹《い》れたところなの」

私はそう言って、女性を庭に誘った。

■参

まだまだ手入れの途中の庭とはいえ、そもそもここは空気がいい。そして今日は天気も良い。

初夏の訪れを予感させる、涼やかな風が吹いている。

作業中のほんの休憩用のテーブルセットだったけれど、綺麗なグラスとポット、氷を準備すると、充分体裁は整った。

ちょっと時間が経って濃く、温《ぬる》くなってしまったミントティも、レモンを添えてアイスにして飲めば、充分楽しめる。

間違えて訪ねてきた女性は、美濃辺《みのべ》さんと名乗った。

なんと市内在住の女性ではなくて、わざわざ札幌から来たらしい。

「表札が出ていない、秘密のお店なんです」

と、美濃辺さんは言った。

店主である、マダム・ヴォワザンは『魔女』を名乗っていて、その謎の夫人は、特別なハーブティを販売しているという。

「SNSで話題なんです。自分の体調とかに合わせてブレンドしてくれるし、それに……」

そこまで言って、美濃辺さんが言葉を少し濁す。

「それに？」

私はミントティを差し出しながら、優しく促す。

美濃辺さんはグラスを受けとり、そして恥ずかしそうに俯《うつむ》いた後、磯崎君を、そして私を見た。

「……惚《ほ》れ薬を……つまり、好きな人が自分の事を好きになる、媚薬《びやく》を作ってくれるって」

「媚薬？」

「ご、ごめんなさい！　もちろんそんなの、本当に効くとは思ってないけど……それでも、少しでも好きになって貰《もら》えたら嬉《うれ》しいっていうか……神頼みみたいな感じで」

真っ赤になって美濃辺さんが俯く。

可愛らしいけれど、私と磯崎君は、思わず顔を見合わせてしまった。

「そんな訳で、私みたいに札幌から来る人もいるらしいです」

「なるほどね……」

これはなんだか、面倒くさい事に巻き込まれてしまった。溜息《ためいき》を呑《の》み込んで、私はミントティに口を付ける。

甘くて爽《さわ》やかなミントティ……でも、やっぱり呑み込めたはずの溜息が零《こぼ》れてしまった。

SNSでしか宣伝されていない、看板もない、魔女の経営する謎のハーブ屋さん……聞けば聞くほど胡散《うさん》臭い。

けれど彼女の惚れ薬に頼りたい気持ちまで、わからない訳でもない。

磯崎君は随分呆《あき》れたような顔をしているけれど、大好きな人に愛されたい気持ちは、私だって同じなのだから。

だから余計に、そういうお嬢さん達の気持ちを利用するような商売に、不快感を覚えてしまった。

「そのお店……本当にこの辺で間違いはないの？　今までそういうお店の話は、聞いた事がないのだけれど……」

少なくとも、そんな不特定多数の若い女性が訪れる店なら、白河老人が黙ってはいないような気がする。

場所が違う気がするし、そもそもそんな所、行かない方がいいんじゃないかしら。

けれどそんな私の心配をよそに、美濃辺さんは頷いた。

「はい。以前はバーやカフェ等で販売されていたそうなんですけど、今年の春から自宅を改装して、直接カウンセリング等もしてくれるって。ただ、SNS経由でメール予約すると、この辺りの地図が送られてくるだけなんです」

真の縁があるならば、きっと運命に導かれ、店にたどり着くことが出来るでしょう——と、そう書かれているらしかった。

「こうやってお店に行けないって事は、ヴォワザン夫人の言う通り、きっと縁がないんです、私」

そう言って、美濃辺さんが俯く。

少しの沈黙が流れ、風でさらさらと木の葉が揺れる音だけが響いた。

「……場所なら多分わかりますけど、本当にそんな所、行って大丈夫なんですか？」

そんな中、そう口を開いたのは磯崎君で、彼は美濃辺さんと言うより、私に問うてきた。

「えっと……そうね、どうかしら」

「危険な店なんかじゃありません！　実際は普通のハーブティショップなんです。ただその効果が口コミで広がって、お客が増えすぎても困るからって、ちょっと特殊な売り方をしているだけで」

そしてその希少性が、余計にハーブティの価値を高めているのだろうと、私は思った。

「だったら、この通りを道なりに十分ほど歩いて行くと、今はまだ蕾《つぼみ》の固いアイリスと、ヒヤシンスが見事に咲き誇る家がある。その店は多分そこだ。セイヨウシデの生け垣を目印にするといい」

驚いたことに、本当に磯崎君は、その魔女のサロンの場所がわかるらしく、美濃辺さんにそう説明した。

言われてみると、確かにセイヨウシデの生け垣に囲まれた、プロヴァンス風の住宅があった気がする。

「確認した訳じゃないけれど、本当にこの辺だというなら多分そこでしょう。既にもう一度間違えているんだから、まあ違う家を訪ねた所で今更でしょう？　そのかわり、もし正解だったら、その魔女に『間違えられて、大変迷惑しています』と伝えてください」

ぱっと顔を輝かせた美濃辺さんが、はい、はいと頷《うなず》く。

磯崎君は「変な誤解をされて、僕は本当に迷惑しているから」、と、重ねてもう一度言った。

「あんまり若い女性が訪ねてきて、ここでうろうろするものだから、彼がここでいかがわしい事をしてるんじゃないかって、一度苦情が来た事があったの」

苦笑いで説明すると、彼女はその魔女さんでもないのに、すみません！　と頭を下げた。

まぁ、魔女のアナウンスの仕方が悪いとはいえ、自分のような女性が原因なのだから、多少の罪悪感も感じるのでしょう。

「だからもし、本当にその魔女さんに会えたら、私達が困っているとお伝えして頂戴《ちょうだい》ね」

そう言って美濃辺さんを送り出す。

彼女は私達に丁寧にお礼を言って、磯崎君に説明された通り歩いて行った。

「……本当なの？」

美濃辺さんの後ろ姿を見送りながら、私は磯崎君に聞いた。

「店の場所ですか？　さあ……でも多分そうじゃないかな」

「どうしてわかるの？」

魔女の話は、彼だって初めて聞いたはずだ。

首を傾げる私に、磯崎君はミントティでゆっくり唇を湿らせてから、薄く微笑んだ。

顔立ちの綺麗《きれい》な磯崎君の微笑みは、私でもなんだかどぎまぎしてしまう。

「簡単な事ではあるんですよ。誘惑を意味するセイヨウシデの生け垣は、ヴェルサイユの象徴だし、大トリアノンは、ルイ十四世が愛妾《あいしょう》のモンテスパン侯爵夫人と密会用に建設した宮殿です。アイリスとヒヤシンスは、トリアノンを代表する花だ」

「ヴェルサイユ？」

ヴェルサイユといえば、ルイ十四世が建てた、フランスを代表する宮殿の一つだ。

最も有名なお城と言っても過言ではないし、私も美しい場所だと知ってはいるけれど
……でも、なんでヴェルサイユ？

「ヴェルサイユ宮殿と、その魔女の夫人が、何か関係があるの？」

その質問に、磯崎君は『待ってました』と言わんばかりに、私の方に身を乗り出した。

その話したくてたまらないという表情は、骨について聞かれた櫻子そっくりだ。

「ルイ十四世の愛妾モンテスパン侯爵夫人は、王の愛を得る為に媚薬と毒を駆使し、王の寵愛《ちょうあい》をほしいままにし、ライバルを次々に毒殺したんですよ。このフランス王宮史上最大のスキャンダルの立役者ともいえるのが、ラ・ヴォワザン――稀代《きたい》の魔女です」

ラ・ヴォワザンことカトリーヌ・モンヴォワザン夫人。

彼女は元々宝石商の妻であり、上流階級との繋《つな》がりをもった夫人は、毒薬、媚薬、堕胎薬などを作っし、貴婦人達と夜会などを繰り返した。

夫の死後、表の顔は占い師として、その裏では貴婦人相手に様々な薬を手配し、黒ミサなどを繰り返して、富をほしいままにしたのだった。

そしてその顧客には、ルイ十四世の寵愛を得た、モンテスパン侯爵夫人フランソワーズ・アテナイス・ドゥ・モルトゥマールもいたのだった。

モンテスパン侯爵夫人は、フランス貴族の中でも、最も名家中の名家に生まれた女性で、容姿にも恵まれていたこともあり、侯爵夫人の座から、ルイ十四世の公妾、つまり第二夫人の座についた。

王の寵愛は深く、夫人は王との間に七人の子供をもうけるにまで至ったが、その愛は長くは続かなかった。

王の愛が薄れていくのを感じ、恐れた彼女が頼ったのが、黒魔術――ラ・ヴォワザン夫人の怪しい薬と魔術だったのだ。

けれどその愛は、戻るどころか、モンテスパン侯爵夫人が王の許《もと》を追われる決定打になった。

ヴォワザン夫人の顧客のであった、ブランヴィリエ侯爵夫人逮捕がきっかけで、たくさんの貴婦人達とヴォワザン夫人の繋がりが明るみに出た。

顧客の多くが有力者という事もあり、その多くが罪を免れはしたものの、王の新しい愛人を毒殺しようとしたり、媚薬《びやく》を使ったり、血なまぐさい儀式を行っていたモンテスパン侯爵夫人は、投獄こそされなかったものの、王に完全に捨てられて、修道院で孤独に亡くなったのだった。

そんなヴェルサイユを揺るがした魔女を名乗るハーバリストが、ヴェルサイユを代表する植物で家を飾っていてもおかしくはないだろう――と、磯崎君は言った。

「もしかしたら、そうやってある程度は自分で調べて推理する人間を、ふるいにかけているのかもしれないですね」

「でも……ヴェルサイユで何が育てられているか、どういう由来だったか、簡単に調べられるものかしら？」

私もそれなりに植物には詳しいつもりだったし、実際ヴェルサイユを訪ねた経験もあるけれど、庭についてまでは覚えていなかった。

結局そういうマーケティングなんだろうし、SNSで話題性が高まれば、既に店にたどり着いたお客が、他のお客に店の場所を伝えたりもするだろう。

正直、話題作りの為なのだろうなぁ……と思うし、そんな風に秘すということは、本当のヴォワザン夫人のように、法に触れた植物を扱っているのではないか？　と、疑わしくもなってしまう。

「……それも含めて、ミステリアスなイメージ作りなのかしら」

私が思わず独りごちると、磯崎君はひょいと肩をすくめ、「さあ？」と答えただけだった。

どうやらもう、この話題に興味を失ってしまった様子だ。

なんとなくすっきりしない気持ちだったけれど、磯崎君はミントティを飲み干し、もう自分の仕事に戻ってしまった。

「……気にしてるのは私だけ、か」

それにしても――よくもまあ、フランスの歴史や花壇の事まで知っているものだ。

そういえば、以前櫻子が、磯崎君が遺灰ダイヤのリングに書かれた、フランス語を読んだと話していた気がする。

生物教師とフランス語……何か、繋がりがあるのだろうか？

でも何はともあれ、明日《あした》にでも白河さんに、磯崎君の無実の罪を晴らしに行かなくちゃ。

そんな事を考えながら、私も庭の作業に戻った。

こんな晴れて気分の良い日なのだから、悩むなら、もっと楽しい事の方がいいわ。

■肆

結局それから二時間もしないうちに、美濃辺さんはまた竜胆庵に戻ってきた。

「ありがとうございます、教えてくださったとおり、夫人のサロンに行けました！」

心配していたけれど、彼女は第一声、庭先に駆け寄って笑顔でそう言った。

晴れやかな顔だ。ひとまず犯罪に巻き込まれたりもしていなそうだと、私はほっと胸をなで下ろした。

「あら……大丈夫だった？　わざわざお礼を言いに来てくれたの？」

「はい！　でもそれだけじゃなくて、夫人に竜胆庵さんの事をお話ししたら、迷惑をかけてごめんなさいって、これを預かってきたんです」

そう言って美濃辺さんは、ワックスペーパーで覆われた包みを差し出してきた。

「…………」

けれど一緒に添えられたカードは、何故か白紙だ。

「……これを、そのヴォワザン夫人が？」

「はい。ラ・ヴォワザン夫人が『フェルゼンから』と伝えたらわかるはずって仰《おっしゃ》ってました。あとこれ、強力な媚薬なので、使う時は気をつけてって」

言われるまま包みを開けると、中には一回分ごとにフィルターバッグに入れられたハーブティが、三回分ほど小瓶に入っていた。

思わず磯崎君を振り返ると、彼は露骨に嫌そうに、眉間《みけん》に皺《しわ》を刻んでいる。

美濃辺さんも、磯崎君の明らかなる拒絶を感じ取ったのか、彼女は「じゃあ私はこれで……」と、そそくさと帰って行った。

でも……強力な媚薬か……。

「まさか……病人に飲ませるつもりじゃないでしょうね」

思わずしげしげとハーブティを見ていると、磯崎君がドン引きした表情で言った。

「まさか」

「ですよね。絶対だめですよ」

「わかってるわよ……それより、フェルゼンからって……どういう意味かしらね？」

お詫《わ》びと言いながら、白紙のカードを添えるって、どういう事だろうか？　お詫びではなく、煽《あお》りなのかしら……。

思わずカードを手に、私の眉間にも皺が寄ってしまった。

「フェルゼンですか」

けれど磯崎君は、その真っ白なカードを取り上げて、何も言わずに家の中に消えていった。

慌てて追いかけると、彼はリビングのソファの隣、サイドワゴンの上の、私の愛用のキャンドルウォーマーの電源を入れているところだった。

ようは火を使わず、電球の熱でアロマキャンドルを溶かす器具なのだけれど……磯崎君はそれでキャンドルではなく、真っ白なカードを温めはじめた。

「え、嘘でしょ……」

「……」

すると、白かったカードに、うっすらと青い文字が浮かび上がってきた。

「そんな……スパイインクみたいに？　あぶり出しってことなの？」

「そうですね……マリー・アントワネットの愛人であるフェルゼンが、彼女と書簡を交わす際に、こうやってあぶり出しのインクを使ったという記録が残っているんです」

そう言って、磯崎君は青い文字の浮き上がったカードを、はい、と私に手渡した。

カードはどうやら招待状で、きちんとお詫びをしたいので、一週間後是非店に来て欲しいという。

一週間後か……私は今の所、ここに来るつもりで用事は入れていないけれど……。

「それにしても……ヴェルサイユの魔女といい、フェルゼンといい……貴方《あなた》歴史の先生だった？」

随分あれこれ知っているものだ。磯崎君は私の質問に、答えるかどうか一瞬悩むように宙を仰いだ。

「……違いますけど……夢だったんですよ」

「夢？　歴史の先生になること？　それともフランスに憧《あこが》れがあるとか？」

「いいえ。子供の頃の夢です」

「子供の頃の？」

「はい。生まれ変われるなら、僕は幼い頃からずっと、マリー・アントワネットになりたかった」

「…………」

いったい、なんの冗談なのか。

思わず笑いそうになってしまったけれど、磯崎君の表情は、しごく真面目だった。

ああそうなの……これは冗談ではなく本気なのね。

なるほど、マリー・アントワネット……マリー・アントワネット？？？？？

なんでマリー・アントワネット？

どうしてマリー・アントワネット？

オーストリアの女帝、マリア・テレジアの第十五子として生を受け、フランス王ルイ十六世の妻となり、フランス革命においてギロチンで処刑された、数奇のお姫様。

そんな処刑された王妃に、どうしてなりたいの？

「そ……そうなの。それは華やかな夢だわ」

色々な疑問符が、ものすごい勢いで頭の中を駆け巡ったけれど、私はぎりぎりそのどれをも口にすることなく、かわりにそう返した。

おそらく、磯崎君は私を信用して、その事を打ち明けてくれたのだ。

私が嗤《わら》いではなく、笑顔を見せると、彼も満足げに微笑んだ。

……まあ、人の夢は、それぞれだから。

「でも一週間後に来て欲しいなんて、どうしましょうね？　私は特に予定はないけれど」

貴方はどうする？　と磯崎君に視線を送る。

「たとえ用事がなくても、僕は行く気無いですよ」

と、思った通りとはいえ、磯崎君は素っ気なかった。

「まあ、そうよね……それにしても、媚薬《びやく》なんてそう簡単に作れるのかしら」

「そんなもの、作れるわけないでしょう？　それに、オーナーはそんな物必要ないんじゃないですか？」

「そうだったらいいけれど……」

思わず私の口元が引きつった。

本当に愛する人の心は、なかなか手に入らない物だから。

「……本当に、設楽先生に飲ませたら駄目ですよ」

「わかってるってば……でもただのお茶だったら大丈夫じゃない？」

ちゃんと成分表示もしてあるし……と、私はガラス瓶の裏に貼られたラベルを見ながら言った。

「万が一漢方薬とかを使ってるかもしれないし、少なくとも薬剤師の許可を得た方がいいですよ。民間療法とか、僕はあんまり好きじゃない」

老眼のせいで、私がガラス瓶を近づけたり離したり、ためつすがめつしていると、

「どれ」と言って、彼が瓶を取り上げた。

そして磯崎君は、それを見るなり、む、と小さく唸《うな》った。

「なあに？」

「これは……本当に昔の魔女の媚薬のレシピを参考にしてるみたいだ。カンタリスが入ってる」

「カンタリス？」

「マメハンミョウを乾燥させたものです」

「マメハンミョウって……虫ってこと？　植物じゃなく？」

「ええ。ヤモリの黒焼きとかもそうですけど、そういった生物も昔から媚薬として――」

そこまで言いかけて、磯崎君が不意に黙った。

「…………」

「……どうしたの？」

思わず彼の顔をのぞき込むと、彼はとても険しい顔をしている。

「え、やだ、なあに？　危険なものでも入っている？」

「いえ……ただ……」

「ただ？」

「オーナー、これ、成分の中に、マンドレークが入っています！」

「え？」

今まで聞いた事のない、上擦った声で磯崎君が私に言った。

キラキラ——を通り越して、ギラギラの瞳《ひとみ》で。

「マンドレークって……あの、引き抜いたら悲鳴を上げるっていう……？」

その迫力に若干引きながら、私は記憶を辿《たど》った。確か悲鳴を聞くと死んでしまうから、犬に引っ張らせる……なんて可哀相な話があったはず。

「勿論《もちろん》実際はそんな効果はないですけど、ちゃんと実在する植物です。恋なすびとも言われています」

確かに、マンドレーク、マンドラゴラは、様々な物語にも登場する、毒物で薬物だ。人の形をしているというけれど、きっと高麗人参《こうらいにんじん》のような、そういうものなのだろう。

「……招待は、一週間後でしたっけ」

「え？　行くの？　あ……いいのよ？　それは別に私一人で——」

「見たいじゃないですか！」

「え？」

「マンドレークですよ⁉　見てみたくないんですか⁉」

「え、ええ……そ、そういわれたら……確かに……？」

「これがもし本当に本物のマンドレークだとしたら、絶対に一度実物を見てみたい、いえ、見ないわけにはいかない!! 行きましょう!!」

そう力強く言って、磯崎君が私の手をぎゅっと摑《つか》んだ。

「あ、ハイ……」

美しい磯崎君に手を握られ、そんな風に誘われたのだから、私は喜んだっていい筈《はず》なのに、彼のそのギンギンに瞳孔《どうこう》の開いた瞳で見つめられ、私はただ、怯《おび》えた仔犬《こいぬ》のように目をそらすことしか出来なかった。

伍

ラ・ヴォワザン夫人のサロンは、その名前から華美なものや、おどろおどろしい物を想像していたけれど、訪ねた場所は意外に普通の住宅だった。

プロヴァンス風のシャビーで、アンティークな住宅の雰囲気そのままに、外側も内側も、華美過ぎずシンプルでありながら、テラコッタとグリーンで美しく整えてある。

でも、全てはあくまで『風』であって、本物の重厚なアンティークとは似ても似つかず、彩るグリーンも半分くらいはフェイクだった。

そのせいか、中はあまり値の張らない個人営業のエステサロンを思わせた。

明るく清潔感はあるし、生活感もないから、余計にそう感じるのかもしれないけれど。

ただ、庭だけはとても美しかった。

しかも庭を一望できる大きなコンサバトリー、つまりガラス温室があるのが特徴的な所だろうか？

夫人もここが一番印象的な場所と心得ているのか、私達は若い女性の案内で、コンサバトリーの入り口の、ガーデンテーブルに通された。

花の時期を待つ薔薇《ばら》や、春の花達が揺れるのを眺めるのは楽しいし、確かにコンサバトリーは憧《あこが》れる。

とても素敵で、私も作りたいけれど……旭川では、冬は雪下ろしが大変じゃないかしら？　それに夏は暑すぎないのかしら……なんて思いながら、隣に座る磯崎君を見た。

いつも平静な彼には珍しく、この美しい庭が目に入らないくらいにソワソワしている。

どうやら無意識に、テーブルの上を指でトントンと叩《たた》いているので、私はその手をピシャリとした。

「…………」

少しだけ我に返ったように、磯崎君は両手を膝《ひざ》の上に置く。

でもすぐにまたワクワクを隠しきれないようで、口元が緩むのが見えた。

恐るべしマンドレーク。

使う前からこんなにも人を魅了するなんて。

お陰で私まで落ち着かない気分でヴォワザン夫人を待っていると、やがて白いタイトなワンピースに身を包んだ、肉感的な女性が姿を現した。

「お二人ともようこそ」

ぽってりとつやのある唇から発せられた声はややハスキーで、彼女の妖艶《ようえん》さに花を添えている。

年齢は私と変わらないくらいか——もしかしたらもう少し上なのかもしれない。肌の感じから、うっすらそう感じた。

けれど両手を広げて歓迎してくれた彼女は、若々しく美しく、なるほど、『魔女』の名を纏《まと》うのにふさわしい、年齢不詳さと妖《あや》しさが溢《あふ》れている。

「美濃辺さんのお話で、私の顧客が随分ご迷惑をかけていらっしゃると聞いて、お詫《わ》びをしたくて。私はラ・ヴォワザン夫人こと、近成佑花《ちかなりゆうか》と申します」

と、ヴォワザン夫人こと、近成さんが悠然と言って名刺を差し出してきた。

『ハーバルサロン　ラ・ヴォワザン
ホリスティックハーバルプラクティショナー　近成 佑花』

と書かれていた。

なるほど、ラ・ヴォワザンが屋号なのね。

「いえ、迷惑というほどでもないんです。でも、この辺りに住む方達は、あまり騒がしいことを好まないそうなの。でもご近所付き合いを気を付けていけば、お互い近隣から煙たがられることはないと思いますわ」

私がそう答えると、「うふふ」と、近成さんが含むように笑った。

「魔女が？　ご近所付き合いを？」

「あら、でも魔女って中世においては、産婆だったり薬師だったり、地域によりそった女性の事だったでしょう？」

「代わりに私には、SNSがありますから」

そう近成さんは、私を冷ややかに見て言った。

「忠告はありがたいけれど、そういう煩わしい事をする気はないの。私の人生に必要のない相手に、時間を割くつもりはないし、必要性も感じないわ。私の人生は誤解だらけ。他人には好きに言わせておけばいいと思ってるの」

自信たっぷりの言葉に、少しだけ気後れとトゲを感じた——でも私はやっぱり、誤解されたままなんて嫌だわ。

とはいえ、そういうしがらみに縛られない生き方が出来る人は、羨《うらや》ましくもある。

そして私達は、お互い相容《あいい》れない気質である事に、この瞬間で気がついたようだった。

もちろん、お互いに口元の微笑は絶やさなかったけれど。

「ただのリラックスティです。媚薬《びやく》じゃないわ」

そう彼女がハーブティの入ったポットを準備して言った。見た所、中に入っているのはカモミールにレモングラス、ミントだろうか。

彼女はカップに三つ分、ハーブティを淹《い》れて私達に配ると、害がないことを証明するように、まず自分が率先して飲んで見せた。

私もそれに倣うように、一口戴《いただ》く。

私はもう少しミントが強い方が好きだけれど——よくある味のハーブティだった。毒でも媚薬でもなさそうだ。

けれど磯崎君は口を付けなかった。

「今はハーブの事をいかがわしいという人もいるし、誰しもが理解し合えるわけではないから……でもお二人とは、親しくしていただきたいと思ってるんです」

磯崎君がカップに手を出さないことに心配したのか、近成さんは磯崎君を見ながら言う。

「——不躾《ぶしつけ》な質問をしてもよろしくて？」

そして私の方に向き直ると、そう問うてきた。

「質問ですか？……ええ、どうぞ？」

「お二人の関係は？　お二人は親密なのかしら？　姉弟《きょうだい》や、ご夫婦には見えないけれど」

探るように言われ、思わず私はハーブティを噴き出しそうになった。

「た、ただの友達よ。そうね……正確には妹の友達、かしら。庭の管理を任せているの」

厳密に言えば違う。櫻子は妹ではない。けれど、近からずも遠からずだろうし、磯崎君も私の説明に異論は唱えない。

ようは——私達の間に、男女のあれこれといった、面倒くさい事は皆無なのだと理解して貰《もら》えればいい。

だのに、近成さんはあまり信じていないような目で、私を睨《にら》んだ。

「……『お友達』って都合のいい言葉よね。私も寝室まで招く『お友達』は何人かいるわ」

「そうなんですか。でも私はそういう方を『お友達』とは呼ばないので」

下世話な事を言われて、私は少しだけ苛立《いらだ》った。

「竜胆庵は、病気療養中の彼女の恋人の為に用意された場所です。難病で思うように身動きの取れない恋人を慰める為に、急いで庭を整備している所ですよ。僕の為じゃない。そんなくだらないことより、マンドレークを拝見したいんです。今日はそのために来ました」

不意に磯崎君が割って入ってくれた。

「え？」

「マンドレークです。媚薬の中に、カンタリスとマンドレークが入っている事になっていますよね？」

「ああ……ええ、そうよ。正しい魔女の媚薬に、その二つは欠かせないから。とはいえ、実際は耳かき一さじ分も入れてはいないわ」

ようは成分表に名前を書き入れる為だけに、ごく微量添加しているという事らしかった。

「じゃあ……まさか、マンドレークを育ててはいないと？」

磯崎君の顔に、目に見えて失望の色が浮かんだ。

「勿論《もちろん》育てているわ。今はもう花が散ってしまったけれど……ご覧になる？」

「本当に育てているのであれば是非！　まだ実物を一度も見た事がないんです。雄なのか、牝《めす》なのか、そして葉がポテトチップスの香りがするというのは本当なのか！」

櫻子が言うところの『ガンギマリ』で、瞳孔《どうこう》の開いた磯崎君が詰め寄るように言った。

そこで近成さんも薄々、彼の美しさの下に潜んでいるものに気がついただろう。

一瞬彼女は、私に何かを確認するように見たので、私はすまして頷《うなず》いた。

――『多分これが通常運転です』

「わ……わかったわ、確かに見せて差し上げる」

妙に強《こわ》ばった表情で、近成さんは机の上のベルを鳴らす。

すると、ここまで案内してくれた若い女性が現れた。

「小菊《こぎく》ちゃん、マンドレークを一鉢持ってきてくれる？」

小菊と呼ばれた女性は、軽く頭を下げてすぐに姿を消すと、ややあって見慣れないロゼット植物を一鉢持って戻ってくる。

既に花の散ったその鉢の中央には、甘い香りのするオレンジ色の丸い実が三つほど生《な》っていた。

何よりも気になったのは、その強い芳香だ。

もうとっくに花は散っているのに、鼻をくっつけなくても香りを感じる。

「甘いな。メロンに似ている……エステル臭がします」

磯崎君がそう言った。確かに完熟したメロンの香りに似ている気がする。

「春咲きという事は……これは雄ですね」

「ええ、媚薬として使われるのも雄なのよ」

磯崎君の質問に、近成さんが頷く。

「さっきから聞いているけれど、雌雄異花や雌雄異株という訳ではなく、本当に雌雄がある花なの？」

植物にも性別はある。多くの花は、一つの花に雄しべと雌しべをもつ「両性花」だけれど、一つの花に、雌と雄、片方の機能しか持たない雌雄異花と、そもそも雄、雌と株ごと性別が分かれている雌雄異株も珍しくはない。

でも、春咲きと秋咲きで雌雄が分かれていたら、こんな風に花は実を結ばないはずだ。

疑問に思って首をひねった私に、磯崎君が頷いた。

「正確には雌雄ではないんですが、一般的には、春咲きのマンドラゴラ・オフィシナルムは雄、秋咲きのマンドラゴラ・アウツムナリスは雌と呼ばれています。効能が違うんです」

「雄は魔術に、雌は薬になるといわれています」

磯崎君の説明に、小菊さんが言い添え――そして磯崎君を見た。

「お客様は、マンドレークに随分お詳しいんですね」

「彼は花の女神フローラに、心を捧《ささ》げていますから」

或《あるい》いは魂を奪われているから。

それを聞いて、小菊さんは一瞬声を上げて笑って、近成さんに「小菊ちゃん」と窘《たしな》められていた。

「けれど本当にお詳しいわ。どうかしら？　この実を一粒お持ちになっては？」

綺麗《きれい》に整えられた爪、白い手で、近成さんが甘い香りの実に慰撫《いぶ》するように触れた。

「この実、一粒から二十～三十個の種が取れるの。上手《うま》くすれば、貴方《あなた》にも育てられると思うわ」

「ほ……本当ですか!?」

「ええ勿論。お詫びの印に受け取って」

艶然《えんぜん》と近成さんが言った。その妖艶《ようえん》さを強調するような眼差《まなざ》しと唇の動きだったけれど、肝心の磯崎君はまったく近成さんを見ていなかった。

完全にマンドレークの鉢に釘付《くぎづ》けになっている。

「地中海性気候を好みます。成育サイクルはシクラメンに似ています。野生的な花なので、種は乾燥させず、すぐに採り播《ま》きする方が発芽しやすいです。試してみてください」

そう言って小菊さんが、慎重に実を一つもいだ。

「根の方が有名ですが、実にも毒は含まれています。取り扱いは慎重にお願いします」

「アルカロイド系ですね、わかっています――でも、本当にこれをハーブティにお使いなんですか？」

前半は小菊さんに、そして後半は近成さんに確認するように磯崎君が言った。

「毒以前に、勿体《もったい》なくて害になるほど沢山なんて使えないわ」

そう近成さんが苦笑いした。

結局、近成さんは他にもこのサロンで育てているという、珍しいハーブをいくつか彼に紹介し、磯崎君は種や若い株を分けて貰ったりしていた。

「磯崎君、そろそろお暇《いとま》しないと」

このままでは、ここの全ての植物の説明をして貰うまで帰れなそうだと、私はきりの良いところで切りだした。

私だけでなく、近成さんもこの時間に厭《あ》いていたのだろう。彼女も良いタイミングというように、「すっかりお引き留めしてしまって」と、締めくくりの言葉を口にする。

けれど磯崎君と小菊さんには、聞こえていなかったようで、彼女はこほん、と二人の後ろで咳払《せきばら》いをした。

「それにしても、お二人はよく花壇だけで、ここが私のサロンとおわかりになったわね」

小菊さんと、ご機嫌で説明されている磯崎君の背中を見ながら、近成さんが私に言う。

「ああ……それも、磯崎君です」

「まあやっぱり！　博識だこと」

「ええ。磯崎君は、特にフランスの王宮の歴史に興味があるんです」

「だからかしら？　お宅のお庭の一角、ニセアカシアの横の花壇、苺《いちご》にラベンダー、ポピーにヤグルマソウ。その隣はハニーサックル――アントワネット王妃の里庭がモチーフね？」

え？　竜胆庵の？

「…………」

そう近成さんが言うのを聞いて、磯崎君がはっとしたように振り向いた。

「違ったかしら？」

そう首を傾げた近成さんに、磯崎君が悪戯《いたずら》っぽい笑みを浮かべた。

「……オーナーには内緒にしていたのに、バラされちゃいましたね」

悪びれる様子もなく言う磯崎君に、私は軽く頭を抱えた。

まったく……そうなら最初から言ってくれたら良かったのに。

後で軽くとっちめてやろう……と思いつつ、でも初夏を彩るであろうあの庭は、間違いなくこれから私のお気に入りになるだろう。

「だけど本当にいいご趣味だわ、是非今度、アントワネットのお庭について、ゆっくり語らいましょう？」

そう言って、近成さんは小菊さんと話していた磯崎君を奪い去るように、彼と彼女の間に立って、彼の二の腕に触れた。

途端に磯崎君の眉間《みけん》に皺《しわ》が寄った。彼は不快感を隠そうとはせず、身体を引いて、やんわりその右手を取り、押し返した。

「ええ。でもなかなか忙しいので、この先そんな日があるかどうか」

一応は最低限の言葉を選べるのが、磯崎君と櫻子の大きな違いか。

「彼は本業があるので、毎日本当に忙しくて」

私は慌てて磯崎君をフォローした。でも近成さんは、充分彼の本意は理解したようだ。

少々変わっているものの、大変見目麗しい磯崎君を気に入ったようだけれど、さすがに彼にその気は微塵《みじん》もない事を理解したのだろう。

磯崎君のあからさまな拒絶に、近成さんは一瞬顔を硬く引きつらせ――でもそれがはっきり表情にならなかったのは、彼女の自制心の賜物か、それとも顔のボトックスのせいかはわからない。

「そう……でしたら、またの機会に。でもご近所なのだから、これからも親しいお付き合いをお願いしますわ」

り出した。
　それでも近成さんは、あくまで穏やかな態度は崩さずに、そう言って私達を店から送
　玄関の綺麗な丸鏡の前で、『若返りのお茶』なるものまでお土産に下さったのは、ち
ょっと嫌みだった気がする——私の僻《ひが》みかしら？

　リラックスティの効果は何処へやら、なんだかどっと疲労を背負いながら竜胆庵に戻
った私と対照的に、磯崎君は上機嫌だった。

　アントワネットの庭について追及しようと思ったけれど——まあいいわ。元々彼に任
せているのだから。

「それにしても、これからご近所付き合いに苦労しそうな方と、知り合ってしまったわ
ね」

　代わりにそう言うと、磯崎君は少し他人事《ひとごと》のように肩をすくめて見せた。

「貴方は迷惑に思わないの？」

「別に僕は、ここに住む訳ではないし」

「確かにそうだけど……磯崎君はああいう人は苦手なんだと思ったわ」

「まあ、手の綺麗な人でしたよ」

「それは……そうね。確かに」

　彼の口から、部分的とはいえ近成さんへの賛美が出るとは思わなくて、私は口を噤《つぐ》ん

だ。

手か――私はそっと自分の手を見た。

いつでも綺麗にしていたいし、手入れは怠っていないけれど。

できるだけ手袋をするようにしても、庭仕事は手が荒れがちだし、フラワーコーディネーターの資格も持つ私は、親族の経営するホテル等で花を生ける機会も多い。

綺麗なすべすべした手には憧《あこが》れるけれど、所々荒れた自分の手を見て、私は溜息《ためいき》を一つ零《こぼ》し、貰《もら》った媚薬《びやく》も、若返り茶も、全部戸棚の奥にぎゅぎゅっと押し込んでしまった。

■陸

それからというもの、『ラ・ヴォワザン』さんとはつかず離れずの距離感で、なんとなくの近所づきあいを続けていた。

幸か不幸か、町内会の不名誉な疑惑は無事晴れて、代わりに今は『ラ・ヴォワザン』が槍玉《やりだま》に挙がっているけれど、なぜかその苦情が、私の所に届くようになった。

以前ほどでないにせよ、サロンと間違えて、竜胆庵を訪ねて来る女性はまだいるし、正直迷惑がゼロになったとはけっして言えない。

特に店を開く前から、近成さんのお宅はこの近所でもあまり評判がよくなかったらしい。

けれど、夫人の助手である小菊さんとは、時々買い出しの途中で会う事もあったり、お互い庭仕事の相談をしたりするようになった。

艶《あで》やかな近成さんとは対照的に、後ろで無造作に束ねられた黒髪と、度のきついメガネ。庭での様々な作業や天候に耐えうる、防寒防護・汚れてもいい服装が、彼女から若々しさを奪っているけれど、肌や声のハリから見るに、意外と年齢は若い。

おそらく磯崎君よりも。

落ち着いた物腰や、その植物の知識量には磯崎君ですら、敬意を払う程だけれど、二十代半ばか……もしかしたら前半くらいなのかもしれない。

そんな彼女の存在もあって、『ラ・ヴォワザン』は少し煙たくもあり、かといってすげなくする訳にもいかない、そんな曖昧《あいまい》な関係だった。

今はまだ、ここでの生活がメインではないから良いものの、秋からここで暮らす事になった時に、厄介なことにならなければ良いけれど。

そんな私の心配はよそに、磯崎君は小菊さんの事を随分気に入っているようだった。気に入っている、というと語弊があるか。

彼は別に、異性に寄せるような好意で、彼女と交流している訳ではなかった。

元々磯崎君は、日常的に女子力が高い。

時々庭作りに必要な物を買いに駅前に出たり、一度は二人で札幌まで出た事もあるけれど、いつも同性の友人と出かけたような気になる。

とはいえトランスジェンダーという訳ではなく、ただ彼はナルキッソスなのだ。泉の水に映った自分の姿に恋をする美青年。

美しい自分を一途《いちず》に愛する磯崎君にとって、小菊さんは単なる友人――いいえ、友人ですらないかもしれない。

ただガーデニングの相談をする相手――彼は常に、植物の知識を求め続けているから。

その日も丁度、竜胆庵の前を通った小菊さんを捕まえて、無事発芽したマンドレークについて相談をしていた。

内向性を思わせる小菊さんだけれど、磯崎君同様に花の事となると、途端に饒舌《じょうぜつ》になる。

磯崎君……せっかくだから、こういう女性を伴侶《はんりょ》に選んだら良いのに――なんて思ってしまうのは、私の老婆心というものだろう。

別に結婚することだけが幸せへの切符でも、人間としての成長でもないのだから。

とはいえ若い二人が、熱心に話しているのは、なんだか微笑ましい……そんな気持ちで二人を見ていると、ふと、小菊さんがやたらと話しながら、右の手首をかいていることに気がついた。

本人は話に夢中で気がついていないらしい。

「小菊さん、手首、どうかしたの？」

話の腰を折るのも気が引けたけれど、でも少し心配で、私はそう声をかけた。

「ああ……朝、庭の雑草抜きをしたんですが、その時に何かに触ったのかも」

軍手はしてたんですけど、ゴムが少し緩くなってて……そう言って、彼女はパーカーの袖《そで》をめくって見せた。

「あら……大変」

可哀相に……。小菊さんの手首の内側には、ぽつぽつと赤い発疹《はっしん》が出ている。

「イラクサとかかもしれないけど、この時季はドクガの可能性もあるし、とにかく掻《か》かない方がいい」

磯崎君は心配そうに言った後、彼女の手を泡で丹念に優しく洗い、これ以上掻かないようにとガーゼで覆ってから、冷蔵庫の中の小さな保冷剤で患部を冷やした。

「もしドクガだったらどんどん痒《かゆ》くなるから、早めに病院に行った方がいいと思う」

「は……はい……」

植物オタクのナルキッソスとはいえ、普通にしていれば王子様然の磯崎君に、そんな風に手厚く看護され、優しく心配されてしまったら、小菊さんも平静では居られないのだろう。

彼女は顔を真っ赤にして頷《うなず》き、ロボットのようにギクシャクした動きで、竜胆庵を後にした。

自分にメリットのある相手に、愛嬌《あいきょう》を振りまくくらいの事も出来るし、あくまで彼の優先順位は自分と花だとはいえ、磯崎君はなんだかんだ優しい子だ。

「小菊さん、酷《ひど》くならないと良いわね」

「そうですね」

そう言うと、彼は小さく溜息を洩《も》らした。

「あら！　そんなに心配なの？」

「いえ……追肥のタイミングを聞きたかったんですけど……まあ、また今度で良いか」

一瞬期待してしまったけれど、どうやらぬか喜びで終わりそうだ。

まあ彼女と磯崎君が上手《うま》く行ったら、彼女を引き抜いて、二人に庭を任せることも出来るのに……なんて、ずる賢い事を考えた私が悪いのだ。

とはいえ、それはそれとして、彼女の事が心配だ。

樹木でかぶれたなら良いけれど、ドクガだったら何週間も痒みが残る事がある。

痛みも辛《つら》いけど、痒いのも本当に辛いから。

小菊さんの手がどうなったか気になりつつも、私はその夜から札幌のマンションに戻ったし、磯崎君も平日は授業がある。

結局竜胆庵に行ったのは、それから一週間経った後で、その間に彼女の手の事は忘れてしまっていた。

再び思い出したのは朝早く、竜胆庵の隣家の栗の木に、小さな毛虫を見かけた時だった。もっともそれはドクガの幼虫ではなく、クスサンの若齢幼虫なので、毒性はないのだけれど。

でもクスサンはなかなかの大食漢で、放っておくと栗の木を丸坊主にしてしまう。そうすると栗の実は育たない。

大量発生してしまうと大変な事になるし、薔薇《ばら》の木につくこともある。

これは早めに駆除をしないと、大変な事になってしまうわ……。

そんな心配をしながら栗の木を見上げていると、不意に「こんにちは」と声をかけられた。

「どうも。今日は過ごしやすい天気になりましたね」

愛想良く返事をした相手は、近所に住む白河さんだった。

面倒見がよく、悪い人ではないとわかっているけれど、声をかけられると、また何かあるの？　と、ちょっと身構えてしまう。

とはいえ、案の定町内で警戒されている、『ラ・ヴォワザン』と付き合いのある事で、私達も目を付けられやすくなっているのだ。

だから万が一何か言われてしまわないように、日頃から最大限の注意を払っているのだけれど……。

「どうかしたかい？」

「いえ、ただ栗の木に、蛾の幼虫がいるようなので、心配で」

「ああ、クスサンは栗が好きだし、定期的にこんな風に増えてしまうんだ。後で家主の神田《かんだ》さんに話しておこう」

「そうですね。そちらの方がいいかと思います」

「いや、それにしても、お宅の庭は日増しに綺麗《きれい》になっていくね」

「ええ、おかげさまで。こちらにお邪魔するのは、私はまだ当分は週末だけですが、先に引っ越した薔薇たちは、すっかりここが気に入ったみたいです」

「そうかそうか、そりゃ良かった……で、どうだい？　最近は」

「最近ですか？　あ……ええ、楽しくやらせていただいています」

「そうか、そうか……」

そこまで言うと、白河さんは何かを言い淀《よど》むように、そわそわと視線を不自然に動かした。

なんだか違和感を覚える。

「あの……？」

「…………」

だけど白河さんは、なんだか不明瞭《ふめいりよう》な事をボソボソと呟《つぶや》いた後、庭で穫《と》れすぎたからといって、こぶりの苺《いちご》を一袋差し出し、そそくさと帰ってしまった。

変なの……と思いつつ、竜胆庵に戻って苺を一つ戴《いただ》くと、香りは良いけれど甘いよりも酸っぱい。

ジャムにしても良いけれど、私は少し考えて、もうすぐ来るであろう磯崎君に、生クリームを買ってきて欲しいとメールをした。

生卵を二つ割り、黄身の部分は昼食のローストビーフ丼用に残して、白身の部分だけフワフワに泡立て、たっぷりのグラニュー糖を加えてメレンゲを作った。

それを天パンに可愛らしく一粒、一粒絞り出し、百度に設定したオーブンで八十分。

余熱もいらない。

結局メレンゲを焼いているのではなく、水分を飛ばしているだけなのだ。

焼き上がった後もほっといていい。オーブンに入れたまま、自然と冷めていくのを待てばいい。

そうして冷めて、カラカラに焼き上がったメレンゲを、すっぱい苺と生クリームと一緒にカップに交互に入れれば、イートン・メスの完成。

お行儀悪いとか言わないで、全部一つにかき混ぜて、サクサク甘いメレンゲと、苺の酸味、生クリームのこってりさと口溶けを楽しむ、初夏の苺の旬のお楽しみ。

簡単なのにしあわせな程においしいこのお菓子は、私も小さい頃から大好物で、幼い頃母がよく作ってくれたものだった。

とはいえ、本当に簡単である代わりに、ゆっくり時間が必要なお菓子でもある。

磯崎君が生クリームと一緒に竜胆庵に来た頃、まだオーブンの火も消えておらず、先に午前中の作業を終わらせ、昼食をとった。

薔薇色のローストビーフは、とろっとやわらかく、口に入れるととろけてしまう。

これだけでも充分満足だったけれど、待望のイートン・メスは、焼きメレンゲがもう少し冷めるまで、三時のおやつにとっておくことにした。

そうしてお茶を一杯飲んで、さあ午後からも頑張りましょう！　と、日焼け止めと化粧を直していると、再び白河老人が竜胆庵を訪ねてきた。

「クスサンの件、隣の神田さんに話しておいたよ。それでも去年、随分卵をそぎ落としたらしい。それでも残っている卵があったんだろうね。葉ごと駆除したそうだから、心配しなくていい」

「そうですか、安心しました」

口うるさい、ちょっと迷惑な人……なんて思っていたけれど、町内の事に気を配る、本当に面倒見の良い方なのだろう。

私は改めて栗の木と、そしてあの甘酸っぱい苺のお礼をした。

けれど、彼はあまりよく聞いていないような、心ここにあらずの表情で俯《うつむ》いた。

「あの……？　白河さん？」

私は困惑した。改めて呼びかけた途端、白河さんの表情が、随分強《こわ》ばってしまったからだ。

「どうかしましたか？」

「その……一昨日《おととい》、例のハーブ屋の女主人が死んだって話を、あんたらは知らないんじゃないかと思って」

「え？」

言いにくそうに切りだした、白河さんの言葉に、思わず私は絶句した。

ハーブ屋の女主人——つまり、ラ・ヴォワザンの近成さんの事だろう。

嘘でしょう？　と思ったけれど、白河さんがわざわざそんな嘘をつくとは思えないし、冗談にしても悪質すぎて笑えもしない。

「どうして？　最後にお会いした時は、元気そうだったのに……」

と、いっても、直接顔を合わせたのは、二週間以上前だけれど。

「それが……噂によると、自殺したらしいんだ」

「ええ……？　あの方が？」

「まあそんな状況らしいから、一応耳に入れておいた方がいいと思ってね」

そこまで言うと、白河さんは、私達まで気を落とすことがないようにと言って帰って行った。

「毛虫どころじゃなかったわね……」

先に庭で作業を再開していた磯崎君に、白河さんの話をすると、さすがに彼も驚いたように、眉間《みけん》に皺《しわ》を寄せていた。

「しかも自殺だなんて、何かあったのかしら」

少なくとも私達の知る近成さんは、自信家というか……自ら命を絶つような危うさを感じる人ではなかったのに。

「経営が上手《うま》く行ってなかったとか？　オーナー、この前の……店を間違えた女性と、連絡先を交換してませんでしたっけ？」

「ああ、美濃辺さん？　そうね、連絡をしてみましょうか」

もしかしたら、彼女も何か知っているかもしれないし、SNSでなんらかの発表があったかもしれないと、美濃辺さんにメールを送る。

すると彼女も、近成さんの死までは知っていたけれど、その死因までは知らなかったようだ。

知っている事はわずかかもしれないけれど……と、美濃辺さんはわざわざ通話を繋《つな》いでくれた。多分彼女もショックで、誰かと話したかったのでしょう。

『マダムが急死されたので、カウンセリングの予約は全てキャンセルになった事、当面の在庫の販売はあるけれど、今後の事はまったく未定である事は、SNSでもアナウンスがありました』

「それは……なんだか突発的に亡くなられたような、そんな感じなのね」

『はい。だから、どうして亡くなられたかは書かれていなかったものの、きっと事故か急病だったんだろうなって、そう思っていたんです』

と、そこまで言ったものの、美濃辺さんは『ただ……』と語尾を濁した。

「ただ？」

『なんとなくですけど、サロンの経営は、あんまり上手くいってなかったんじゃないかなって……』

あくまでSNSで、他の利用者がしている噂なんですけど……と彼女は前置きした。

『カウンセリングは初回だけって話だったのに、結局毎回相談無しでは売れないって言われて、カウンセリング料をとられたり、お茶の量が前より減っているらしくて』

今の所に移って、やたらと追加料金を取るようになったし、サロン形式にしたのが失敗だったんじゃないか？　とか、あまり良い話は聞かなくなっていた……と、美濃辺さんは苦々しく言った。

『とはいえ、元々効果が賛否両論っていうか……ほら、実際にそんな、痩身《そうしん》効果や媚薬《びやく》効果なんて、はっきりあるものだと思わないじゃないですか？　私もなんていうか……自分の努力の後押しみたいな気持ちで使わせて貰《もら》ってたんですけど』

でもお客の中には、きちんとした効果を期待する人や、効果が無いことを批難する人もいたと美濃辺さんは言った。きっとクレームも多かっただろうと。

勿論《もちろん》効果を謳《うた》って販売しているのだから、使って満足な結果が得られない事に、文句が出てしまうのもわかる。

「でも、あくまで医薬部外品なのだから、効果があったとしても、それは僅《わず》かでしょうね」

『ですよね？　他にも駅前のサンロク街？　で泥酔して、恋人と言い争っている姿を見たなんて吹聴《ふいちょう》してる人もいたし、私達の見えないところで、ヴォワザン夫人は苦しまれていたんじゃないでしょうか……』

でも彼女のお陰で、ずっと何年も『友人』という関係を崩せなかった男性と、無事お付き合いが出来るようになったという美濃辺さんは、ヴォワザン夫人の死を純粋に悲しみ、心を痛めていた。

噂話を信じていると言うよりは、私にだけでも話して、悪意のある噂を糾弾したいだけなのかもしれない。

『無責任に放たれた言葉でも、受け取る人は、充分に傷ついてしまうのに……』

そしてそれを正すことなく、野放しにしていた自分も同罪なのかもしれない……そんな風に美濃辺さんが話す度、声が涙で湿っていって、私もつられて泣いてしまいそうになった。

「でも私達も又聞きだから、本当に彼女が自死を選んだのかはわからないし、原因はまったく別かもしれないわ。どうか貴方《あなた》は元気を出してね」

そもそも人が絶望する理由は、色々ある。原因は一つとは限らないのだから。

そうして電話を切って、ネットで『ラ・ヴォワザン』を検索してみたところ、確かによくない書き込みもそれなりに散見された。

勿論近成さんが自殺した原因が、本当にそこにあるかどうかはわからないけれど、S

NSを中心に商売をしていた以上、こんな風にSNS経由でトラブルを抱えてしまうのも、仕方ないのだろうか。

「……どうします？」

ソファでスマホをのぞき込む私に、磯崎君が言った。

「そうね、どうしましょうか……」

なんといっても、私達と近成さんの関係は微妙だ。

新聞を確認したところ、お悔やみ欄に近成さんの名前はない。

小菊さんが何を何処まで担っているかはわからないけれど、そもそも亡くなられた直後の慌ただしい時期に、押しかけていいほど彼女とも親しくはない気がする。

「そもそも私……近成さんに好かれていなかったのよね」

「でしょうね」

思わずぽつりと呟《つぶや》くと、磯崎君がすんなりと同意した。

「……やっぱりそう思う？」

私……べつに彼女に嫌われるようなことをした覚えはないのだけれど。

「水と油みたいな二人だから、まあ仕方ないんじゃないですか？」

そんな私の考えを、見透かすように磯崎君が言う。

とはいえ、一番の原因は、私自身があまり彼女を好いていなかったせいかもしれない。

「人は鏡ね」

でも少なくとも、近成さんが亡くなったと聞いて、ショックだし、驚きや困惑は感じるとはいえ、喪失感を覚えることはない……私にとって彼女は、そういう存在だった。

そうは言っても、人が亡くなるのはそもそも悲しいものだし、まわりのことも心配になる。

特に心配なのは、小菊さんの今後だった。

彼女は、あの家は、あの花達はどうなってしまうのか……。

「やっぱり……来週にでも、一度訪ねてみましょうか」

「…………」

きっと同じ事を考えていたのだろう。磯崎君も無言で頷《うなず》いた。

そして思った。

家主が死んでしまっても、家は、庭は残るのだ——壊してしまわない限り。

「……ねえ磯崎君。もし私が急に死んでしまったりしたら、その時は貴方にこの家の庭をあげるわ。だから私の代わりに庭を——」

「嫌ですよ。そんな重たいもの」

「……え」

「結構です。そういうのは九条さんにどうぞ」

「感傷的な気分の時ぐらい、少しは付き合ってくれてもいいじゃない……」

「それは僕の仕事じゃないですから。さ、急に曇ってきたし、雨が降ってくる前に作業をしてしまいましょう」

「もう、意地悪ね」

「そもそもオーナーは、僕よりずっと長生きしそうじゃないですか？」

「ちょっとそれ、どういう意味？」

でも、確かに私は我ながら長生きしそうだと思う。

それにまだまだ、綺麗《きれい》な物を沢山見たい。この家で、恋しい人と四季の庭を愛《め》でていきたいのだ。

この先何年も。


結局作業を始めて一時間ほどで、ざあざあと雨が降ってきてしまった。

磯崎君は早々に自分のマンションに帰り、私はもう少し室内を片付ける予定だったけれど、さすがに気持ちは少し下り坂で、なんだかあまりやる気が出ない。

甘くて酸っぱいイートン・メスも、あまり慰めにはならなかった。

もう今日は、私も無理せずに帰ろう——そう思って、何気なくポストを覗《のぞ》く。

ここで暮らしているわけではないので、ポストには基本的に見る必要のないチラシなんかが入っているだけ。だから普段からあまりチェックする習慣がない。

今回もピザ屋さんのデリバリーのチラシなんかが——。

「……え？」

チラシの中には、宅配会社からの不在伝票が一枚紛れ込んでいた。

一体誰が？　慌てて差出人を確認する。

『Herbal Salon La Voisin』

配達日は――一昨日《おととい》。

それはつまり、近成さんが亡くなった日だった。

■漆

最初は、近成さんからではなくて、小菊さんからかもしれない……と、そう思った。

もしかしたら、そうであって欲しいという、私の願望だったのかもしれないけれど。

再配達された荷物は、そう大きい物ではなかったけれど、紙や柔らかいものの類《たぐ》いではなく、それなりの重さを感じた。

緊張で指先が少し震えてしまって、梱包《こんぽう》を解《ほど》くのに少しだけ手こずる。

包装紙の中は、きちんと小箱と梱包材で覆われた、ガラス瓶だった。

瓶の中には、またハーブティが詰められている。

「……………」

タグを見ると、『愛する人へ』と書かれていた。

戸棚に押し込んだハーブティを引っ張り出すと、どうやら以前も貰った恋の媚薬《びやく》と同じもののようだった。

「……これだけ？」

思わず首をひねってしまう。

他にメモのようなものは同封されていない。

送り主もわからないけれど……小菊さんなら、手紙か何か入っているだろう。

市内なら、指定がなければ荷物は発送日翌日に着く。だったら、近成さんが亡くなる前日に、私に送ったもの……という事になる。

でもなぜわざわざこのハーブティを？

全く意味の無い行為ではないはずだ。

彼女からの見えないメッセージを探そうと、タグをひっくり返す。

そこには何かメッセージが書かれていた。

慌ててリーディンググラスをかけ、文字を辿《たど》る。

『MANDRAKE と MEZIREON をかえて、あなたに贈ります』

「マンドレークを……？」

そこではっとして、私はもう一度二つのハーブティの成分を見比べた。

「やっぱり……マンドレークじゃない……？」

指で一つずつ辿って、二つのハーブティの成分表を確認する。

送られてきたハーブティの方は、マンドレークの代わりに、セイヨウオニシバリが含まれていることになっていた。

でも、いったいどういう意味なのか。

私はひとまず、磯崎君にメールをした。

もう帰宅していたのだろうか、彼は珍しく、メールでの返信ではなく、直接電話をしてきた。

『絶対に飲んでは駄目ですよ』

電話に出るなり、磯崎君は第一声、険しい声で私に言った。

「え、ええ。大丈夫。そもそも、なんだかちょっと怖くって」

実際に淹《い》れて飲んだりしてないわ、と答えると、彼はほっとしたように息を吐いた。

『良かったです。セイヨウオニシバリ――Mezereum は、古いペルシア語で『死』という言葉に由来しています。ダフネトキシンを含んでいるんです』

「死って……」

それを聞いて、私はゾッとした。

どうやら近成さんは、自らの命を絶つ前に、私にも毒を送ってきたのだ。

『いったいどのくらいの量を入れているか、まではわかりませんけれど、口にしないのが賢明です。嫌がらせにしては悪質だし、警察に通報しますか？』

「いいえ……そもそも彼女はもう、亡くなっているのよ？　マンドレーク同様、きっと入っていてもごく少量でしょう。つまり私は、わざわざ毒を送りたいほど嫌われていたって、そういう事なのでしょう」

どうしてそんなにも憎悪を買ってしまったのか。

友達になれるとは思わなかったし、好きになれないとも思っていたけれど。

こんなにも嫌われてしまうくらいなら、ちゃんと優しくして、好かれた方が良かった。


そんな罪悪感のような、後悔のような気持ちに苛《さいな》まれながら電話を切り、せめて小菊さんだけには連絡しておこうと、SNS経由でダイレクトメールを送った。

突然の訃報《ふほう》に驚いていること、そして小菊さんの事も心配していること、何か力になれることがあれば、なんでも相談してと、そう書いただけで、届いた荷物のことも、そして近成さんの死因や理由などにも触れなかった。

返事は急がないとも書いたし、可能であれば、そちらが落ち着いてから一度弔問にお邪魔したい旨も添えておいた。

返事はすぐに来た。

『ご丁寧に痛み入ります。

私もあまりに突然のことで、とにかく驚いています。

悲しいと言うよりも、やらなくてはならないことが多すぎて、途方に暮れています。

身体が三つくらい欲しいです。

ですが、竜胆庵のお二人はいつでも大歓迎ですから、是非ご都合の良い時間にいらしてください。私もお会いしたいです。お待ちしています』

短いけれど丁寧な返信だった。

社交辞令かとも思うけれど、なんとなく本当に、彼女が会いたがってくれているような。そんな気がした。

だからもう少し踏み込んで、具体的な日取りや、本当に伺って迷惑ではないか？　ということ、そして――もし経営などについて、相談する人がいないような状況なら、力になれるかもしれない事を伝えると、彼女は次の週末を指定してきた。

そして近成さんは、こういった事に全く備えていなかったし、他に働いているのは小菊さんだけとはいえ、自分に何かあった時、サロンをどうするか何も決めていなかったそうだ。

らしい。

一応頼んでいる、知り合いの税理士はいるものの、相談できる顧問の弁護士はいない

今はとにかく、彼女が葬儀や顧客への対応で精一杯になっているといっていたから、

近成さんには他に遺族などもいないのだろう。

東藤の弁護士に話を聞いて貰えるように約束を取り付け、来週末磯崎君と一緒にお邪

魔することにした。

磯崎君も忙しそうではあるけれど、来週末はなんとか時間がとれるらしい。

一通り終えて、ほっと一息つく。

飲むのはハーブティではなく、梅さんの大好きだった紅茶店のダージリンにしたけれ

ど、本当はウィスキーかワインが飲みたかった。

飲んでこのまま今夜はここに泊まっていきたかったけれど、明日《あした》は午前中から札幌で

人と会う約束があった。

お酒は今は我慢して、札幌に帰って飲もう……。

お腹が空《す》いている気もしたけれど、なんだか食べる気分にもなれなかった。

せっかくイートン・メスの為に泡立てた生クリームがあるけれど、それも持って帰る

しかないか……。

そこでふと、思い立って、ガラスの保存容器500ml分に、生クリームと苺《いちご》、メレン

ゲを敷き詰めた。

そうして帰り際、『ラ・ヴォワザン』に立ち寄った。

部屋の明かりはついているので、小菊さんは在宅だろう。

インターフォンを鳴らすと、ややあって小菊さんが現れた。

「これ、もし良かったら召し上がって」と、イートン・メスを差し入れる。

彼女は驚きつつも、その白と赤の層を見て、「きれい」と微笑んだ。

「……お一人で大丈夫？」

「はい。お気遣いありがとうございます」

そう答えた小菊さんは、確かに少し疲れた表情ではあったけれど、よく落ち着いていて、そして泣きはらしたような目もしていない。

住み込みで働いていたのだから、ある種の情くらい芽生えてそうだと心配していたけれど、意外にビジネスライクな関係だったのか……もしくは彼女の喪失が悲しくない程度には、日々苦労をさせられていたのかもしれない。

話を聞きたかったけれど、迷惑になっても嫌なので、来週来ることと弁護士などのことを、改めて確認の業務連絡だけして私は『ラ・ヴォワザン』を立ち去った。

ずっと何か違和感を感じていたけれど、高速で深川《ふかがわ》を越えたあたりで不意に気がついた。

『ラ・ヴォワザン』の玄関の、あのアンティーク風の丸鏡がかたづけられていて、代わりに百合《ゆり》が生けられていたのだった。

寂しげに頭《こうべ》を垂れた白い百合。

札幌まで運転する帰り道、あの物憂げな陰影が心にやたらとくっきり残って、まばたきをする度、暗闇に揺れている気がした。

■捌

次の週末は、朝から雨だった。

夏の香りのする雨は優しく、植物はみんな喜んで、街路樹達は葉に鮮やかな緑色を取り戻している気がする。

私はふっと、自分が逝《い》くなら冬がいいと思った。

花の季節は美しすぎて、別れが絶対に惜しくなる。


竜胆庵に着くと、しばらくしてインターフォンが鳴った。

そろそろ磯崎君の来る時間なので、ディスプレイを確認せずに、不用心に玄関に出て――それが白河さんである事に驚いた。

「おはようございます、何かありました？」

「今日は天気が悪いので、来ないかもしれないと思ったんだが、車があったので」

「ええ。今日は亡くなった近成さんの弔問に伺う予定なんです」

「ああ……」

そこまで言うと、彼は不意に黙ってしまった。

外は雨。

ぱらぱらと雨音が騒々しく軒先を叩《たた》いている。

「あの……中でお茶でも？」

このまま雨の中、玄関先に立たれていても困るので、仕方なく私はそう言って、彼を中に招いた。

きっとすぐに磯崎君も来てくれるだろう。

先に着いていること、白河さんが来ているので、インターフォンを鳴らさずに、そのまま家に入って来ていいことをメールで送り、カプセル式のコーヒーメーカーで、ブレンドコーヒーを用意した。

その間、白河さんはソファの上で、俯《うつむ》いて黙っていた。

珈琲《コーヒー》と、お茶菓子に磯崎君の大好きなフィナンシェを出す。

けれど白河さんは、どちらにも手を付けるそぶりがない。

困ったわ……と思っていると、磯崎君が来てくれた。

「千代田《ちよだ》さんに何かご用ですか？」

彼は第一声、批難するように白河さんに問うた。

「ああ、いや……実は……相談したいことがあるんだ……」

年齢的に、私のような若い――といっても、あくまで彼の年齢から比べて、だけれど――女性に、あまり頭を下げ慣れてはいないだろうし、嬉《うれ》しい事ではないだろうに。

それでも彼は少し頭を下げ、私と、そして磯崎君を見た。

「相談、ですか？」

「ああ……なんというか、他にはちょっと話せなくてね」

「私達はこの後予定がありますので、手短にお願いします」

困惑する私と、言い淀《よど》む白河さん。磯崎君だけは、冷静な態度だった。でもおそらく、話を聞かなければ、白河さんは帰ってくれない。

白河さんもここに来て、これ以上迷っていても仕方ないと思ったのか、覚悟を決めたように、ソファに座り直した。

とはいえ、よほど話しにくい相談なのか。白河さんは、そこからまた随分悩む仕草を見せた後、ようやく口を開いた。

「何から話したらいいか……その……きっかけは、君たちが貰《もら》ったという珍しい花の事でね……海外の」

「ああ……『ラ・ヴォワザン』から種を分けて貰った、マンドレークの事ですか？」

そう聞いた私に、白河さんは頷《うなず》いた。

頷いて、また少し話すのをやめた。磯崎君が隣で短い溜息《ためいき》を洩《も》らした。

「……それが、本当になかなか手に入らない花だと言うじゃないか。だから興味が湧いてね。その……一度見られるなら、見てみたいと思って。いや、ほんの少しだ、少しだよ？　だから庭に……」

「庭に？」

「つまり、勝手に庭に忍び込んだと、そういう事ですか？」

なんだかやたらと歯切れの悪い言葉だった。私がそう復唱すると、その先を遮る様に磯崎君が言った。

「え？　近成さん達にお話しした訳ではなく、ですか？」

「……………」

驚いた私の問いに、白河さんは俯いて答えなかった。つまり磯崎君の言うとおりだという事だ。

「一度、それらしい話をした時に、あの死んだ女性は、軽く笑って取り合ってもくれなかったんだ！……だから、夜にこっそり……勿論《もちろん》見に行っただけだ！　他に何かしようと思ったわけじゃないんだ！」

「でも、それは充分犯罪じゃありませんか！　どうして私達に先に相談してくれなかったんですか！」

思わず私の語気も強くなってしまって、白河さんはソファでしゅんと小さくなった。

「……勿論その通りなんだが……丁度夜の散歩をしていた時だったんだ。そうしたら、換気の為か、庭のガラス温室のドアが開いていて……つい、我慢ができなかった」

正直に言えば、下心が0ではなかったと、白河さんは白状した。

それは勿論、女性達相手という意味ではなく、花に対してだ。

もし上手《うま》く忍び込んで、マンドレークを見つけ、あわよくば実を一個こっそり貰えたら……と、そんな思いで、白河さんは『ラ・ヴォワザン』の庭に、そして開け放たれたままのコンサバトリーに侵入したのだった。

「中には確かに興味の惹《ひ》かれる鉢がいくつもあった……勿論、許されないことなのはわかっているが、相手はそもそも町内のルールも無視するような相手だし、それに今は植物泥棒も流行《はや》っている。いや、なんなら彼女が植物泥棒の可能性だってある。だから——その、いいと思ったんだよ。一鉢二鉢くらいなら」

「…………」

勿論そんな話に、私も磯崎君も同意は出来ず、磯崎君は露骨に顔を顰《しか》めている。

「いや、勿論普段はそんな事はしないんだよ⁉ 私は花泥棒なんかとは無縁だ！ でも相手が相手だ、だから——」

「誰が相手でも、何かを盗んでいい、なんてことはないと思いますけど？」

磯崎君がチクリと返す。

「それは勿論だ……だけど、その、……今回の問題はそんな事じゃないんだ」

他人の敷地内に侵入して、花を盗もうとする事を『そんな事じゃない』と切り捨てることには、正直同意はできない。

けれどこんな話を、私達にわざわざしなければならないのは、確かにもっと別の理由があるのだろう。

私はきつく唇を結んで、白河さんの次の言葉を待った。

やがて白河さんは眉間《みけん》に深い皺《しわ》を刻むと、「悲鳴だ」と言った。

「悲鳴？」

「悲鳴だ。私が温室に忍び込んだ時、他の部屋——多分上の方から、ガシャーンと争うような音と声が聞こえたんだ。そして『イヤー！』という叫びも……だから、慌てて逃げたんだ。恐ろしい声だった」

それを聞いて、思わず私は磯崎君と顔を見合わせた。

「それ……いつのお話ですか？」

白河さんは、また少し黙った。

「……その翌日だよ、あの女が死んだと聞いたのは」

「………」

「だから噂で、彼女は毒を飲んで自殺したって聞いてるが、本当は違うんじゃないだろうかと思って……でもこんな事は誰にも言えるはずがない」

「でも、言わないと、もしかしたら——」

「そんな事をしたら、あの女のせいで私が花泥棒疑惑をかけられてしまうかもしれないだろ⁉　だからその……あんたらは、あの女とやりとりがあったんだろう？　うまく誤魔化して、警察に話して貰いたかったんだ」

「そんな……」

なんて無理難題を押しつけるのか……。

とはいえ、白河さんの言いたいことはわかった。

彼の罪を擁護も容認もできないけれど、確かに彼が耳にした事は、放置しておけない内容だ。そして彼はこのまま、誰にも言わずに黙っておくことも出来るのだ。

「あの時は……半信半疑だったんだ。TVとか、映画を見ているのかもしれないとも思ったし、自分が駆けつけるわけにもいかない。だから逃げたが……もし通報していたら、何かが変わったんじゃないかと思って……」

「…………」

折り重なるような罪悪感。

それを抱えきれずに、彼はこうして私達に頭を下げている。

私はしばらく悩んで、悩んで――。

「……わかりました」

そう答えた。磯崎君が何か言いたそうに睨《にら》んでいたけれど、それは知らないフリをした。

「あ、ありがとう！　本当に……本当にこんなこと、申し訳ない……でも宜《よろ》しくお願いします」

白河さんは、そう言って今までになく深く、深く頭を下げ、そして菓子折を一つ置いて帰っていった。

「正気ですか？」

玄関のドアが閉まるなり、呆《あき》れたように言ったのは磯崎君だった。

「そうね……どうしましょう。内海君にでも相談してみる？」

「別に、普通にそのまま警察に話せばいいんじゃないですか？」

「そう言わないで。彼を庇《かば》ったとしても害はないでしょう？　私、他人に売れる恩は、売れるだけ売っておくのが信条なの」

確かに困った相談ではあるけれど、彼は実際に近成さんの家で何かを盗んだ訳ではなく、罪状は住居侵入罪のみ。犯罪被害に遭っている、近成さんを救助しなかった点は気になるけれど……とはいえ、映画かもしれない、と悩んだ彼の言葉も嘘ではないと思う。

「彼を庇いたい訳ではないけれど、とはいえここで彼を庇っておけば、今後ここで暮らすのに、きっと便宜を図ってくれるようになるでしょう？」

もし万が一、住居侵入罪以上の罪が見つかるようなら、その時は真実を明るみに出せばいい。

「貴方《あなた》はやっぱり反対？」

「……まあ、オーナーの好きにしたらいいんじゃないですか？　正直どうなっても、僕には関係ありませんし」

磯崎君にとっては、白河さんも、近成さんも、どっちも正直『他人事《ひとごと》』なのだろう。

ここで暮らすのも、彼ではなく私なのだ。

彼の無関心さもさもありなん――と思ったところで、彼は「でも――」と言い直した。

「……でも、彼らの庭の事は心配ですね。とりあえず、小菊さんに話を伺ったらどうですか？　本当に彼が言ったような状況なら、警察が事件性を見逃す筈《はず》がないと思う」

確かに彼の言うとおりだ。

私はそうねと頷《うなず》いて、急いで奥の部屋へ着替えに向かった。

■玖

一週間ぶりに訪ねた『ラ・ヴォワザン』は、先週よりもなんだか入り口がスッキリしている気がした。

それはサロンの室内も一緒で、造花や装飾品は全てかたづけられている。

「やっぱり、お店は閉めてしまうのね」

「はい……私はハーバリストの資格もありませんし」

小菊さんもすっかり落ち着いた様子で、とても穏やかに、ハーブティではなく、普通の紅茶を私達に振る舞ってくれた。

コンサバトリーから見える花壇は、雨の中でより一層美しく、幻想的に滲《にじ》んでいる。

私達はそれを眺めるばかりで、なかなか会話が弾まなかった。

小菊さんはあまり、亡くなった近成さんの事を、思い出のように話したい訳ではなかったらしい。

それよりも、こんな状況になったことを、少し怒っているようだった。

確かに彼女の苦労を思えば、仕方がないことだ。

「実は私……小菊さんに伺いたい事があったの」

「なんですか？」

「その……近成さんが亡くなった時の状況の事なのだけれど……」

けれどその質問に、小菊さんの表情が見る見る強《こわ》ばる。

「……おそらく、ご存じの通りですよ。マダム・ヴォワザンの死因は自殺です。私はその日遠くまでドライブに出かけていて、翌朝帰宅して、亡くなっているマダムを発見したんです」

冷ややかに小菊さんが言った。結局貴方もその話をするのか？　と、失望された気がする。

「そうだったの……実はね、近成さんが亡くなった日の前夜、近くを通った時、おかしな声を聞いたの」

「……声、ですか？」

「ええ。イヤー！　と叫んでいるような……てっきり映画でも観ているのかと思ったのだけれど、今思うとあの声……亡くなる前の近成さんの声だったんじゃないかって……だから、もし事件性がある事だったらと心配になってしまって」

それがもし、本当に何か事件性のあるものなら、ここで住み込みで働いている小菊さんにも、何か危険が及ぶかもしれない。

私は重ねて、「不審な人とかに会ったりしなかった？」と問うた。

けれど小菊さんは困ったように首を横に振る。

「来客などの予定は？」

「……恋人が来る予定だったのが、キャンセルになったというのは聞いていました」

「そのお相手が、やっぱりいらっしゃっていた可能性はないのかしら」

「わかりません。彼女の恋人が来る時は、私、いつも席を外すようにしているので、その日も午後から予定をいれていたんです。でもそれらしい痕跡《こんせき》はなかったようには思います。警察も勿論《もちろん》、ちゃんと調べられていきました」

「そう……そうよね」

「それに……彼女はきちんと遺書も残していました。周囲への恨みばっかりでしたが」

でも少なくとも、その遺書が偽造されたもののようには思えないと、小菊さんが断言した。

「ですから……確かに来客はあったかもしれないですが、その後にマダムが自ら命を絶った事に、間違いはないと思うんです」

「死因を聞いても?」

と、それまで黙っていた磯崎君が問うた。

「……服毒自殺です。自分で毒を調合し、致死量を飲みました」

「………」

私も磯崎君も、それ以上は何も言えなかった。

だったら……白河さんが聞いたあの声は、少なくとも亡くなる時の声ではなかったという訳か。

でも、とはいえ……と思う私の目に、雨で煙る薔薇《ばら》が目に入った。

あれは多分シャルル・ドゥ・ミル――一季咲きで、とても香りの良い、美しい薔薇だ。

でもまだ蕾《つぼみ》で、けれど今にも咲きそうな所だった。

その後もそんなに話は弾まず、結局私達はサロンを後にした。

「……どうしてかしら」

喪服姿の磯崎君の綺麗《きれい》な後ろ姿を眺め、竜胆庵まで歩きながら、思わず疑問が唇から漏れる。

「どうかしましたか?」

磯崎君が振り返った。

「いいえ、なんでもないわ……」

でも思うのだ。こんなにすばらしいシャルル・ドゥ・ミルを育てているならば、そしてハーブを愛する魔女ならば、この開花を待たずに命を絶つだろうかと。

あの夜……近成さんにいったい何があったのだろうか。

私は納得しきれない気持ちを抱えたまま、傘に落ちる雨音に、ぼんやりと耳を傾けた。

「まあ……電話で騒いでいたとか、一人だった可能性はなくもないですね」

磯崎君も、結局近成さんの事を考えていたのだろう。彼は私に振り返ってそう言った。

「一人でそんなに騒ぐかしら？」

「感情的な部分のある女性のようだったし、あとは毒によって錯乱状態だったのかも」

「ああ……そうね」

そう言われると、確かにその可能性もあるし、もしかしたら本当に感情的になって暴れたのかもしれない。——それにしても。

「どうしてあんな物を送られるほど、近成さんに恨まれてしまったのかしら」

もしかしたら、彼女の遺書にも何か知らない間に恨み言が書かれていたかも……と私は曇天のように憂いの気持ちになった。

「まあ、そもそもオーナーは、他人から羨《うらや》まれる立場の人でしょう？　貴方は綺麗だし、富も、そして愛も手にいれている。僕もよく恨まれるけれど、嫉妬《しっと》は『持てる者』についてくる、厄介で不可避な付属品じゃないですか？」

「それは……貴方の場合は、美しい以外の理由もあると思うけど？」

「オーナーもですよ。みんな自分の持っていない花は欲しいでしょう。それが綺麗であればあるほど」

「そうね……」

でも私は、本当はそんなになんでも持っている訳じゃない。

「だいたい設楽先生が私の事をどう思っているかわからないのよ」

「これから一緒に暮らすのに？　元婚約者だったんでしょう？」

「一緒に暮らすのは確かだけれど、婚約者ではなくてお見合い相手よ」

それにお見合い自体は、私から断った形にはなっているけれど、実際は私が拒まれたのだ――彼は自分の人生に、パートナーを求めていなかった。

でも私は――私は本当はずっと、彼の事が好きだった。夫と結婚した後も。

設楽先生には、最初にお見合いで会った時、恋をした。

私の名誉を守るために、私から縁談を断らせようと、わざと意地悪を言っている時ですら、彼は素敵だったのだ。

今まで出会った誰よりも。

ずっとずっと、忘れられない恋だったのだ。

「サァちゃんを可愛がったのは、彼がその向こう側にいるという下心もあったからよ。言ったでしょ？　私、売れる恩は売れるだけ売るの」

勿論、そんな事抜きにしても、櫻子は私の可愛い『妹』で『親友』で『娘』だ。血は繋《つな》がらなくても。

「結局彼が私とここで暮らす事を決めてくれたのも、彼は私に沢山の恩があって、断れないからよ。それにずっと、病院から出たいという思いもあったんでしょう。だからよ……愛じゃないの。彼は断れなかっただけよ」

櫻子も北海道を出て、他に親密な家族のいなくなった彼に、親切な顔をして近づいたのは私だ。狡《ずる》い私だ。彼の状況につけ込んで、私は設楽先生の残りの人生を盗んだのだ。

もしかしたら、優しい彼がそうと言わないだけで、恨まれたり、疎まれたりだってしているかもしれない。

でも、そう思っても、私は彼をあの病院で、独りで逝《い》かせたくなかった。

友人としてでも、私は彼の最期の時間を、一緒に過ごしたかったのだ。

それなのに嫉妬されるなんて、なんて皮肉だろう……。

「だとしても、最後に貴方と暮らせるのは幸せなんじゃないですか？」

「え？」

「僕が彼なら、最後はオーナーのような美しい薔薇とがいい」

そう磯崎君が、まるで当たり前の事のように言った。

「……それは、貴方《あなた》だけでしょ」

「そうかな」と磯崎君は首をひねった。

一歩間違えたら、立派な口説き文句だけれど、彼はきっと本気でそう思っているのだろう——良かった。私はまだ、綺麗に咲けているのね。

「とはいえ、嫉妬なんて感情、無意味でくだらない。何も気にすることないですよ」

「くだらないかしら？ 気持ちはわかるわ。私も彼女が羨ましいと思ったもの」

「あんな造花のような人に？ 所詮《しょせん》彼女は『偽者の魔女《ヴォワザン》』だ」

磯崎君の言葉の辛辣《しんらつ》さに、思わず苦笑いが洩《も》れた。

「だとしても、貴方は彼女に呪いのプレゼントは贈らないでしょう？ 嫉妬でもなんでもいいけれど他人を巻き込まないで欲しいですね」

「そうね……でも、よく考えたらあれは本当に、呪いのプレゼントなのかしら？ もし白河さんの言っていた事が真実なら、もしかしたらあの日、彼女に何かあったのかもしれないでしょ？」

だって思うのだ。

私だったら自分の死んだ後に、嫌いな人に呪いなんて送らない。だってそんなことしたって、自分では見られないんだもの。

『昨日の敵は今日の友』じゃないけれど、嫌いな私にだからこそ、頼みたいことがあるのかもしれないわ。だから、もう一度一緒に見て頂戴《ちょうだい》、『アントワネット《アントワーヌ》』」

「……二度とその呼び方をしないなら」

そういうと磯崎君は拗《す》ねたように唇を尖《とが》らせ、私を置いてずんずんと歩いて行った。

きょうはこのまま雨もやみそうにない。

庭仕事はどっちみちできなそうなので、私達は紅茶を片手にもう一度、近成さんのプレゼントを広げた。

「見て頂戴。これよ、送られてきたのは」

なんとなく捨てるのも躊躇《ためら》われて、そのまましまってあった包みだ。

「本当に今回はカードは入ってないんですね」

「ええ。このタグだけね」

『MANDRAKE と MEZIREON をかえて、あなたに贈ります』

磯崎君は、そう書かれたタグの麻紐《あさひも》を解《ほど》き、ガラス瓶から取り外すと、紅茶の入ったティーポットを開けた。

「……どうかした？」

「いえ。ただ彼女は前回、あぶり出しでメッセージを伝えてきたので……でも何もないですね」

「ええ。私も一応見たけれど、温めても何もなかったわ」

「………」

少し悩んで、磯崎君はガラス瓶の蓋《ふた》を外す。

「ちょ、ちょっと、大丈夫？　気を付けて？」

「多分……」

他のヒントを探すように、彼はガラス瓶の中のハーブティを見ていた。

私はそんな彼の手元を一緒にのぞき込んでいて――そしてふと、気がついた。

「磯崎君、ちょっと……」

それはガラス瓶の蓋だ。それは白いありふれたツイストキャップで、『Herbal Salon La Voisin』と飾り文字で書かれたシールが貼ってあった。

磯崎君は、外した蓋を、ティーポットの側面に、くっつくような距離で置いている。

そうして、ポットの熱がキャップに伝わったのだろうか？。

Herbal Salon La Voisin のロゴの下に、青い文字がうっすらと浮かんでいた。

こっちだったのか、と、慌ててキャップに下から湯気をあて、直接温める。


『HEZZDZ　HE　ESTNR』


浮かんできた文字はそれだった。

「ESTNR……エストニア語かしら？　さすがにエストニア語はわからないわ」

「僕もできるのはフランス語くらいです」

ひとまずネットの翻訳ソフトに頼ってみたけれど、どこの国の、なんという意味なのかはわからない。

「……櫻子に聞いてみましょうか」

「え？」

「だってあの子、なんでも知ってそうなんだもの」

そう言うと、磯崎君はちょっとだけ顔を顰《しか》めた――そんな顔しないであげて。

忙しい時じゃなきゃいいんだけれど……そう思ってメールをすると、返事はびっくりするくらいすぐに来た。

もう、あの子、ちゃんとお勉強してるのかしら？

とはいえ、あの子の知識とひらめきには、何度助けられたかわからない。

『無理矢理訳すとしたら、ヘッジズ、彼はエストニア……かな？　けれど無理矢理訳さなければならないという事は、そもそも文章が成立していないという事だ。だとしたならば、それは君たちに伝えたいのは『文章』ではなく、単語に何か別の意味があるに違いない――そうだな、単純なところで暗号かな』

櫻子からの返信には、そう書いてあった。

「暗号……？」

思わず復唱した私の手から、磯崎君がスマホを奪い、櫻子の返信を見ていた。

「暗号……」

「……磯崎君？」

彼もそう呟《つぶや》いて、そして改めて、メモに書き写した暗号と、タグ、ハーブティの瓶を並べ、険しい顔で見下ろす。

「何してるの？」

「いえ……ただアントワネットとフェルゼンは、暗号を用いて恋文を交わしていたんです」

「暗号で？」

「ええ。フェルゼンは軍人だし、アントワネットの母親、女帝マリア・テレジアも暗号をよく好んでいた。だからアントワネットは、お気に入りだった技術部士官のフランソワ・ゴグラに開発させた、多表換字法の暗号を恋人とのやりとりに使っていたんです」

「多表換字法……」

それは、いったい……？

「有名なのは第二次世界大戦でナチス・ドイツが使ったエニグマですね。まあ、アルファベットを別の文字に置き換える、より複雑な暗号なんですが、これは短い文章だし、そこまで複雑ではないでしょう。おそらくホームズの『踊る人形』の暗号のような、換字暗号だと思います」

「ああ」

『踊る人形』ならわかる。可愛い棒人間一つ一つに、アルファベットと数字を当てはめた暗号だ。

とはいえ、ここに並べられた物の中に、数字やアルファベットを表すような物はないようにも見えるけれど……。

「……あれ？」

けれどそこでふと、磯崎君が怪訝《けげん》そうな声を上げた。

「何かわかった？」

「いえ、ただタグに書かれたスペルが違うと思って。セイヨウオニシバリは MEZIREON ではなく、MEZEREON だ」

「……書き間違い、かしら？」

「もしかしたら、わざとかもしれない」

思案するように彼は自分の唇を撫《な》でたあと、メモにタグの文章を書き写していく。

「MANDRAKE と MEZIREON をかえる……」

MANDRAKE
と
MEZIREON

「M は M……A は E……」

そう言って、磯崎君はアルファベットを書き出した。

M は M
A は E
N は Z
D は I
R は R
A は E
K は O
E は N

「キャップの文字を見せてください」

「あ、はい。これね」

言われるまま、キャップから書き写した、あのよくわからない文章を手渡す。

磯崎君は、書き出したアルファベットと照らし合せて、キャップの文字を変換していった。

HEZZDZ HE ESTNR
↓
HANNIN HA ASTER

――はんにん　は　あすたー

「犯人はアスター？　アスターって、エゾギクのこと？」

エゾギクは観賞用の愛らしい栽培種のキクだ。小ぶりな花を沢山つけるのでボリュームがあり、花持ちも良いので、昔から仏花として親しまれている。

「あの小さくてぽんぽん咲く、可愛らしい花が犯人……？」

そう言って磯崎君を見ると、彼の顔には、今まで見た事のない動揺の色が浮かんでいた。

「そんな……どうして、彼女が？」

「え？」

そんな彼の絞り出すように擦《かす》れた声を聞いて、私もやっとわかった。

「まさか……小菊さんのこと？」

その時、まるで私の言葉を肯定するように、雷鳴が轟《とどろ》いた。

「…………」

「……そんな、どうして彼女が？」

「まあ……人を殺したい理由なんて、いくらでもあるんじゃないですか？」

磯崎君が少し放り出すように言った。

「でも実際に殺してしまう人は少ないわ。雇い主として、憎悪を溜《た》めていた――と、そういう事？　単純に辞めるという選択肢を選べないほどの憎悪が？」

そう言うと、磯崎君は何か言いたげに私を見たけれど、思い直したように首を横に振る。

「でも……本当に彼女が？　だって毒物を使うというなら計画的だと思うの。だって毒物を使う理由は、単純に殺害方法の一つというだけでなく、その効果や使用のタイミングが、即座ではない事じゃないかしら」

だとすれば考えられるのは、アリバイ工作だ。

けれど小菊さんの言う『一人でドライブ』というのは、アリバイとしては弱い気がする。確かにカーナビにGPSログを残したりはできるでしょうけれど。

「それならたとえば買物に行くとか、飲食店を利用するとか、しっかりと他人に目撃して貰《もら》ったり、防犯カメラに映ったり、きちんとしたアリバイを用意するのが普通じゃないかしら」

もしくは同乗者が必要だと思う。

「それに、近成さんも、そもそも彼女に命を狙われていると思っているのに、不用意に毒物を飲まされる？　もっと警戒するんじゃなくて？」

そう言う私を、少し驚いたように磯崎君が見た。

「え、なあに？」

「いえ、しっかり考えられているなと思って」

「……え、どういう意味？」

思わず磯崎君を睨《にら》んでしまった。でも確かにすっかり私まで、櫻子の悪い癖がうつっているのかもしれない。

「……でもまあ、僕は僕で、彼女が殺害したようには思えないんですよね」

「貴方《あなた》も？」

「はい。だってもし万が一自分が犯人だと発覚したら、育てている花たちは、警察に没収されたり、自分で世話が出来ずに枯れてしまうでしょう。僕ならそんな事は耐えられない」

磯崎君らしい発想だと思った。けれど、確かにそれももっともかもしれない。彼と、小菊さんなら。

「……そうね、でも、私も近成さんの自殺は信じられないのよ。あのコンサバトリーの特等席に植えられた、シャルル・ドゥ・ミル。あれは一季咲きの薔薇《ばら》よ。花期は年に一度だけ。あんなに蕾《つぼみ》をつけていたのに、開花を待たずに逝《い》くなんて」

年に一度だけの大輪のオールドローズ。あの甘い香りを一度でも味わっていたのなら、蕾のうちになんて死んでしまうはずがない。

「確かに」

それには磯崎君も同意らしく、彼はうーん、と腕組みして唸《うな》る。

「だとしたら、別の犯人がいると思いますか？　小菊さんはあくまで共犯者に過ぎないのかも？……それとも、ヴォワザン夫人の遺言は、全く別の意味なのかもしれないですね」

「別の？」

「そう……例えば花泥棒です」

「あ……」

「彼女がそういう人間だとは思いたくないですが、認知の歪《ゆが》みは誰にでもあるものです。何か白河さんが、ヴォワザン夫人の花なら盗んでいいと、都合良く解釈したように。自分に例外を許してしまったとしたら、小菊さんが大泥棒の可能性は0じゃないかと」

「……もしかしたら、それが理由で殺された可能性だってあるわね」

考えにくい事ではあるけれど、確かにあの責任の強そうな白河さんですら、花を盗もうとしたのだから。

そしてそれが近成さんにバレて……と言うことなら、動機として成立するかもしれない。

「……やっぱり、警察に、内海君に相談してみた方が良さそうね」

でも、これ以上はお手上げだし、私の可愛い磯崎君《プリンセス・アントワーヌ》を巻き込むのもしのびない。

けれど磯崎君は眉《まゆ》を顰《ひそ》めて、首を横に振った。

「磯崎君？」

「もう一度、話してみませんか？」

「小菊さんと？」

「ええ……でないと、本当に彼女が犯人なら、せめて……彼女があの花たちを、どうするか決める時間だけでも与えてあげたい」

それが法律や善悪において、正しい事なのかはわからないけれど——それでも、磯崎君の気持ちはわかった。

「そうね……それにもし彼女が犯人だとしたら、自首した方がいいわ。彼女はまだ若いもの」

花の命は短いのだ。彼女にやり直すチャンスがあるとするなら、それは少しでも若いうちであるといい。

幸い磯崎君は、明日《あした》も午後からなら時間を作れるらしい。とにかく私達はもう一度、小菊さんの許《もと》を訪ねる事にした。

■拾

夕べは一晩中雷が鳴っていたのに、朝にはすっかり青空が広がっていた。

今日は暑くなるな、と、朝から初夏の匂いを嗅《か》ぎながら、私は軽く庭仕事を済ませた後、磯崎君が来るのを待ちながら、小さなカップケーキをいくつも焼いた。

粗熱がとれたところで、上部をカットして、生クリームをくるっと一周。そして真ん中にローズヒップジャムをとろりと落とし、カットした頭の部分を半分に切って、羽根の開いた蝶《ちょう》のように飾った。

私の大好きなバタフライケーキ。

ケーキの三分の一はバタフライケーキに、残りは薔薇の砂糖漬けと、スミレの砂糖漬けを載せた、シンプルできれいなフェアリーケーキに。

庭に少しだけ実った苺《いちご》も数個添えて、後は磯崎君の到着を待つばかり。

午後三時を過ぎたところで、彼がやってきたので、小菊さんの所に向かった。

彼女は急に来た私達に、当然驚いた様子だったけれど、「綺麗《きれい》に晴れたから。ちょっとだけお茶をしましょう？」と、ケーキを見せると、「そうですね」と顔をほころばせてくれた。

そうして、通されたコンサバトリーで、私は思わず「きゃあ」と、少女のような声を上げてしまった。

「やっぱり、これが目当てだったんですね」

ふふふ、と小菊さんが悪戯《いたずら》っぽく笑う。

昨日はまだ蕾だった薔薇が、一斉に花を開いていた。

「シャルル・ドゥ・ミル、綺麗に咲きましたね」

磯崎君も眩《まぶ》しそうに目を細めた。

「ええ、いつもこの子が一番お寝坊さんなんです。でも私、ガリカローズの中でいっとう好き」

小菊さんが嬉《うれ》しそうに頬を染める。

「わかるわ、私も大好きで、ついつい増やしてしまったもの」

「私もです！」

そう言って私と小菊さんは、思わずぎゅっと手を繋《つな》いでしまった。

でもそのくらい、シャルル・ドゥ・ミルの美しさには抗《あらが》えない。

「じゃあこの薔薇も、やっぱり貴方の趣味なんですか？」

と、磯崎君が聞くと、小菊さんは目を伏せた。

「実は私も、どうしても近成さんが、このシャルル・ドゥ・ミルが咲くのを待たずに、亡くなられるなんて思えなかったの」

「それはそうですよ……彼女はこの薔薇を、特別になんて思っていませんでしたから！」

小菊さんが急に声を荒らげる。咄嗟《とっさ》に隣に座る磯崎君が、私の腕を庇《かば》うように引いたけれど、でも、小菊さんは感情の昂《たか》ぶりに任せて、暴力を振るうようなことはしなかった。

「あの人が大事だったのは、すべてわざとらしい『マダム・ヴォワザン』というキャラクターです。毎日表情を変える花たちに、心を砕いたりすることなんかありません――きっと蕾だったことだって気づいてなかったでしょう。花の事は全て私の仕事なんですよ」

彼女はむしろ、冷ややかだった。静かな怒りは炎よりも氷のよう。

「その上、何も出来ない彼女の世話まで――あの人は、私の事を、いつも都合のいいメイドか何かだと思ってたんです……ずっと、長い間」

でもその怒りは、そもそも長く続かなかったようで、彼女はすぐに呼吸を整え、すとん、と力なく椅子に腰を下ろした。

薔薇と、私の作ったケーキと、深い色のルフナティ。

ここには今、綺麗な物しか存在していない――きっと、彼女もそうだ。その筈《はず》だ。

「……貴方がヴォワザン夫人を殺したの？」

私は我慢出来ずにそう切りだしてしまった。

磯崎君が「どうして言ってしまったんですか？」とアイコンタクトしてきた――でも、もう言っちゃったんだもの、仕方ないじゃない……。

でも小菊さんは、私の質問に驚きもせず、怒りもせず、ただ静かにケーキに手を付け、あまい薔薇《ばら》の砂糖漬けをゆっくり味わうように咀嚼《そしゃく》した。

「……静かだと思いません？」

確かにヴォワザン夫人を失った邸宅は、びっくりするほど静かに思われた。

「え？　え、ええ……」

「……そんな筈はないんですけど、マダムが生きていた頃は、壁や家具も息をしていたみたい。今はまるで彼らも死んでしまったように静かです」

そこまで言うと、小菊さんはまっすぐに私達の方を見た。

「でも私、この静かな家が大好きです。今……マダムがいなくなって、ものすごくほっとしているんですよ。お二人は軽蔑《けいべつ》されるかもしれませんが」

ふふっと、小菊さんが笑う。でもそれはどこか自嘲《じちょう》気味な形だった。

「マダムは致死量を遥《はる》かに超えた、マンドレークの根いりのお茶を飲みました。自分の意思です。日常生活の些細《ささい》な事ですら、私の自由にならないような彼女に、どうやって無理矢理それを飲ませられるでしょうか？」

静かに、凛《りん》とした表情で、小菊さんが答える。

彼女の言葉は、あまりにも尤《もっと》もすぎて、私は反論の言葉が見つからなかった。

だから私は、彼女にヴォワザン夫人からのプレゼントを差し出す。

「……これ、近成さんが亡くなられた日、届いた物です」

そうして解いた暗号を、彼女に聞かせた――けれど、返ってきたのは軽やかな笑い声だった。

「犯人は、アスター？　だから私が犯人だと？」

「え、ええ……」

「馬鹿みたいだと思いません？　そんな、わざわざ暗号で遺言を残すだなんて——」と、そこまで言いかけて、小菊さんは「いえ」と言い直す。

「でも……そうですね。そういう所は、わざとらしいヴォワザン夫人らしいです、とても……そうやって人の心を弄《もてあそ》んで、自分に向けるのが得意な人だから」

　と小菊さんは吐き捨てるように言う。

「……どうしてそこまで？」

「何がですか？」

「どうしてそこまで彼女を嫌っているの？　それなのに、どうしてここで働いているんですか？　貴方《あなた》の技術なら、ガーデナーとして雇ってくれるところが、他にもあったでしょうに、どうして？」

「それは……」

　小菊さんが、躊躇《ためら》ったように言い淀《よど》んだ。

「簡単には離れられない理由があるからですね」

　そんな小菊さんに、磯崎君が静かに問うた。

「理由？」

「ええ」

　訝《いぶか》しむ私に、磯崎君がゆっくり瞬《まばた》きを返してくる。

「それは小菊さんが、ヴォワザン夫人の娘だからです」

「え……？」

私は思わず、言葉を失ってしまった。

けれど磯崎君は、まるで澄ましたように、私と、そして小菊さんを見た。

「で、でも、二人は似ていないわ、そんな……」

違うわよね？　と、確認するように私は小菊さんを窺《うかが》う。

「……どうして？」

と、小菊さんは呟《つぶや》いた。

「どうして、わかったの？」

――そうして返ってきた答えは、否定の言葉じゃなかった。


「『手』ですよ」

「手？　私の？」

「はい。右手です」

そう言われて、小菊さんはそっと自分の右手を見て、何かに気がついたように「ああ」と呻《うめ》いた。

「そうです。手相です。ヴォワザン夫人も、そして貴方の右の掌《てのひら》にもマスカケ線がある。感情線と知能線が一本の線になって、手の平を横切る相なんですが、これはしばしば遺伝するんです」

「遺伝……」

小菊さんはそう呟くと、右手の拳《こぶし》を握り、自分の胸に押し当てる。そういえば彼は、近成さんの手を褒めていたし、小菊さんの手の手当もしていた。

「その通りです。私も母も……話によると、祖母もそうだったって聞いてます」

じゃあ、本当に……二人は母娘《おやこ》だったのか――私はきゅっと、自分の下唇を噛《か》んでしまった。

幼い頃から、止めなさいと母に叱られた癖だ。

私は母が好きではなかった。母も私が好きではなかった――でも、私達は母娘だった。

己の身体の小さな端々に、残り香のように母の欠片《かけら》を今でも感じる。

昔は嫌いだった竜胆の花が、今はこんなにも愛《いと》おしい。

――抗えないのだ。己の血には。

「ただの雇用主なら、辞めればいい。離れればいい。その死を喜ぶほど憎まなくても――でもそうじゃなかった……だから貴方は、彼女の許《もと》からなかなか逃げられなかった。わかりますよ、どんなに手がかかっても、育て始めた花を自分の意思で枯らすのは辛《つら》い」

磯崎君が言った。小菊さんはそれを聞いて、ふ、と笑った。

「手のかかる花……本当にそうです。私が幼い頃から、母は母親らしくない、だらしなくて一人では何も出来ない人でした。私は生きていく為に、色々な事が得意になったけれど……結果母の依存と束縛は増していきました。あの人は、私を便利な道具としか考えてなかったんです」

離れる方法はあった。でも自分がいなくなったら、彼女はどう生きていくのだろう？　それを思うと、なかなか踏み出せなかったと、小菊さんは小さく洩《も》らした。

「じゃあ……だから彼女を殺したの？　貴方が？」

「いいえ！　お言葉ですが、だからといって、殺す必要はありますか？　全てを棄てて逃げればいいだけです。親子のしがらみはなかなか消せないけれど、殺すよりいい方法はあるでしょう」

「だったら、本当に、彼女は自殺だと？　でも、私へのあの手紙はいったい？」

それを聞いて、小菊さんは昏《くら》く嗤《わら》った。

「……被害者は、聖人になるんですよ。どんなに醜い存在も、死ねば美化されます。あの人は『ヴォワザン夫人』のまま、死にたかったんです。彼女はもう枯れた花でした。若い頃はそれはちやほやされていましたけれど、所詮《しょせん》みんな身体目当てでしたし、今はもう、それすら求められてない」

「みんな彼女のお金目当てです。本当はそんな余裕なんてないのに」と、小菊さんは薄く嗤ったまま言った。

「なのにつぎつぎ若い男性にのめり込んでは棄てられて、嫉妬《しっと》に狂って……馬鹿みたい！　もう枯れて腐ってるのに！　あの人は、なによりももう、劣化してしまった自分を認められなかったんですよ！」

あはは、と嗤いは声になり、小菊さんはその顔を歪《ゆが》めて、おかしくて堪《たま》らないという風に全身をよじる。

私はそこで初めて、小菊さんの中に近成さんを見た気がした。

「……だとしても、何かきっかけはあったでしょう。彼女が自らを殺《あや》めるきっかけや、オーナーにプレゼントを贈る事になった理由が。それはおそらく貴方だ」

対して磯崎君は水辺のように静かに、小菊さんに問うた。

「実際の魔女、ラ・ヴォワザンが処刑された原因も、彼女の娘の自白によるものなんですよ。罪を認めなかった母を、娘が死に追いやった。魔女の娘が、同じように魔女とは限らない……夫人は長らく貴方の支配者だった。けれど歳を取って、その力関係は少しずつ逆転していた、新しい枝が生気に溢《あふ》れて茂るように。聡明《そうめい》な貴方はそれをわかっていた。だから彼女の感情を、利用する事が出来たのでは？」

「だからって、私がどうやって、あの人に毒を飲ませたって思うの？」

「そうですね。確かに貴方は自分で手を下さなかった――けれど貴方は、苛烈《かれつ》な彼女の性格を利用した。彼女の回りには毒が溢れている。だから心の暗闇をのぞき込む夫人の背中を、貴方はそっと押した――違いますか？」

小菊さんが、こくんと喉《のど》を鳴らして、緊張で唾液《だえき》を飲む音が微《かす》かに聞こえた。

「貴方はヴォワザン夫人に毒を飲ませはしなかった。彼女は自ら毒を呷《あお》った――けれど、そうするように導いたのは、小菊さん、貴方だったんですね」

■拾壱

近成小菊は厭《あ》いていた。

いつまでも枯れた花の世話をする事に。

枯れてなお、棘《とげ》の鋭くなる花を、彼女は疎んでいた。

だから、最初は誰でも良かった。

大事なのは、それが母にとって大切な人であれば良かったのだ。

「相手は母が気に入っていた、花屋の男性でした。彼は真面目な人で、母の誘惑には引っかからなかった……でも彼女は手に入らないと思うと、余計に欲しくなる悪癖があるんです。だから私が彼を奪いました――私、年内に結婚する予定なんです」

最初は当てつけだった。

或《あ》るいは気晴らしだった。

母が愛しても愛されなかった相手と、母の目を盗むように逢瀬《おうせ》を重ね、そうして彼女を陰で嗤うのは気持ちが良かった。

でもそのうち気がついた。
自分の中の恋心に。
彼は、とても優しい人だった。
母への復讐《ふくしゅう》のために彼を愛する必要は、どこにもない。
枯れた花は捨て、自分の為に、彼を愛して良いのだと。

「あの日の朝……私は母にその事を話しました。私が彼と結婚すると聞いて、母は怒り狂った。聞くに堪えない罵倒《ばとう》を繰り返し、私に出て行けと言ったんです。だから私、言ってやりました。『自分の顔を、よく鏡で見てみたらいい。貴方《あなた》はもう終わりなんだ』って」

どうせもう家も出るつもりだった。
何もかもすっきりとぶちまけて、気分はたまらなく良かった。
もう全部、これで終わり――私はこれから、私の人生を生きるのだ。
そうして夜明けより少し前、また怒鳴られる覚悟で帰宅した。
怒鳴られても良かった。もう怖くはない――けれど、家はびっくりするほどに静かで、
自分を迎えたのは罵倒ではなく沈黙だったのだ。

「磯崎さんの言う通り、私には母が激昂《げきこう》する言葉がわかっていました。彼女が命を絶つかもしれない事も――でも、あの人にそこまでの勇気はないんじゃないかって、そうも思ってました」

だからあの夜は悩んで、暗い旭川の街を、静かな森の中を、ぐるぐる回るように車を走らせた。

不安だったかもしれないし、期待だったかもしれない――正直、自分で今でも良くわからない。

そうして家に戻ると、母親は息絶えていた。自ら毒を呷って。

涙は出なかった。

けれど体中から力が抜けて、それから朝日が昇るまで、母の髪をずっと撫《な》でていた。

母は厳しくて、優しくなくて、大嫌いだったけど。

幼い頃、眠れなくてぐずる小菊の髪を、こうやっていつも指で梳《す》いて寝かしつけてくれたのだった。

昔、あんなにも豊かで黒々としていた母の髪は今はすっかり細く、柔らかく、染め残された白髪が指に絡む。

ああ……終わったのだ。

太陽の光の中で、母はもう、老女だった。

「都合の悪いことは、全て他人のせいにして、自分だけ可愛がって生きてきた人です。磯崎さんの仰《おっしゃ》るとおり、彼女に言わせるなら死ぬ理由は私にあるんでしょう――でも、実際は自業自得です。私は何も悪くない……違いますか？」

小菊さんは喉を震わせて言った。それでも泣くまいと、目を見開いて、私達をまっすぐ睨《にら》んで。

「……母は家中の鏡を割って死んでいました。それでも飽き足らないように、遺書にはまわりへの恨み言で一杯だったんです。散々私の人生を滅茶苦茶《めちゃくちゃ》にしてきたのに、私に対する感謝もお詫《わ》びもないままに――でも、そんな人で良かった。じゃなかったら私も悲しくなったから」

そこまで言うと、小菊さんは近成さんが私に贈った、ハーブティを見下ろし、「偽物です」と言った。セイヨウオニシバリは育てていないのだと。

「きっと母は、ただそのまま命を絶つのが悔しかったんでしょう。だから貴方たちにメッセージを残した。わざとらしい方法をとることで、まんまと私の所に来るように、そして私を責めるように――でも、なんと言われても、私はもう平気ですよ？　私はもう負けないから」

そうして彼女は、自分のポケットからスマートフォンを取り出すと、磯崎君の前に置いた。挑むように。

「どうでしょうか？　私、これでも殺人罪に問われてしまいますか？　私が母を殺したと、そう警察に通報しますか？」

小菊さんが私達を睨んだ。

「いいんですよ。別に、母が死ぬように仕向けたのが、私である事には間違いないですから」

その目はギラギラと、怒りと興奮に見開かれ、赤く染まっている。

「違うわ——そうじゃない。それは、『喧嘩《けんか》』よ。貴方と貴方のお母さんは喧嘩をしたの。それは……罪じゃなくて、当たり前の事だわ。私も母とは随分衝突した。でもそれが母を越える通過儀礼ではないけれど、『大人になる』事の一部でもあったと思うの」

母と娘、違うようで似ている二つの存在に、摩擦が生じるのは仕方がないことだと思った。重なる部分が多ければ多いほど、干渉し合ってしまうのだ。

「でも母は死んだんですよ！　そうでしょ!?　だから好きにすればいい。私の——私のせいだって言うなら、私が悪いって言うなら、私が母を殺したんだって、そう思うなら!!」

だん、と彼女が自分のスマホをテーブルにたたき付ける——けれど、私はその小さな手を、深爪して、家事と庭仕事で荒れた手を、両手で優しく摑《つか》んだ。

「いいえ――今電話するべきなのは、貴方に必要なのは……貴方をちゃんと大切にしてくれる、貴方を愛する人。そして貴方の愛する人だわ」

もしくはカウンセラーでもいい。

とにかく、彼女の心を解いてくれる人。

ただ優しい人。

悲しみを、分かち合える人。

「『情』っていうのは貴方が思うより複雑で、簡単には解けないのよ。お母さんが憎い、お母さんが大嫌いっていう気持ちと……お母さんが好きって気持ちは両立するの。だから……憎くても、悲しんだって良いのよ」

そう私が告げた瞬間、小菊さんの両目から大粒の涙が零《こぼ》れた。

そっと手を差し伸べ、震える身体を抱きしめると、彼女は幼い子供のように私にしがみつき、わあっと声を上げて泣き出した。

■終

『ラ・ヴォワザン』の閉店後、小菊さんは結局、この家ごと手放すことにした。

まだローンは残っているそうだけれど、元々中古物件をリフォームしたお陰で、価格は抑えられていたし、綺麗《きれい》な庭のお陰で、おそらく買い手もつくだろう。

この愛らしい友人を失うのは、私も、そして磯崎君も正直残念だったけれど、でも、きっとそっちの方が良いと思った。

この家で、お母さんが死んだ場所に、住み続けるよりは。

それよりも彼女は結婚して、新しい場所で、愛する人と暮らすのだ。

それでもまだ時々、後悔や喪失感で、泣き出してしまうことがあると、小菊さんは言った。もっと他の道があったんじゃないか？　そう悩むときがあると。

もしやり直せるなら私だって、もう少し母に優しくしたかったと思う。時間を巻き戻すことが出来るなら。

だけど私が、そして小菊さんが、母の事で傷ついたのも紛れもない事実なのだ。

その痛みまでなかったことにはできないし、きっと、それは違うのだ。

愛していても、憎んでいても、いつか必ず、母親とは別れなければならない時は来る。

今は愛した記憶と、愛された記憶だけ抱きしめて、母と同じ右手で、大切な人達と手を繋《つな》いで生きていく——それで良いのではないかと思う。

「磯崎さん！ このアナベルも！ アナベルも連れてって！」

夏の日、よく晴れた朝早く、私達は『ラ・ヴォワザン』の庭に集まっていた。

「えー。でもアジサイはもうあるんだよなぁ……」

「アジサイでしょ？ これアメリカノリノキだから！ 和名が違うから！」

「いやもう、それも全部アジサイなんだよ」

「いいから連れて行って！ この子だけは連れて行ってよ！ 出来る事なら私が連れて行きたいけど、新しい家、そんなに庭が広くないんだもの！」

小菊さんが育てた美しい花達は、その大部分をここに残していくしかないそうだ。

だから今朝は、彼女の特別お気に入りの花たちを、竜胆庵の方に植え替えする事になったのだ。

「薔子《しょうこ》さん、ダメ？ ダメですか？ ピンクですよ？ すっごい、すっごい可愛いんですよ？」

「まあ、いいんじゃない？ 私もアナベルは大好きよ」

小菊さんの言うとおり、西洋種のアジサイ、アナベルは愛らしい。

とくにこのピンクアナベルは、咲き始めはピンク色、そして咲きすすむ事で淡い緑色に変わっていく、いつまでもその色の変化を楽しく眺められる花だ。

「うそでしょ!? オーナー！ もう植える場所ないって！」

「大丈夫よ、なんとかなるわ」

「ならないの！　もう全然ならないの！」

「なるなる。なんとかして。土地はいくらでもある」

磯崎君には、磯崎君の作りたい庭のイメージがあるのはよくわかる。それにそって、花を植えて整えたいことも。

でも綺麗なお花なんだから、見たら欲しくなっちゃうじゃない。ごめんね、アントワーヌ。

「くそ、僕の完璧《かんぺき》な造園図面が！」

「あら。くそだなんて、汚い言葉だわ。使っちゃダメよ、プリンセス」

笑いながら窘《たしな》めると、磯崎君はキッと私を睨んだ。

「……千代田さん、なんで磯崎さんがプリンセスなんですか？」

「んー……お姫様だから？」

「オーナー！」

綺麗な花達に囲まれた磯崎君が、悲鳴のような声を上げる。

そんな彼の横で、シャルル・ドゥ・ミルが笑うように咲いていた。

エピローグ

深まる夏と共に、緑の香りがぎゅっと濃くなる九条家の庭は、しばらくの間主人を見失って、すっかりワガママに、奔放に枝を広げていた。

これは秋には大変な事になるな……と思いつつ、私は九条家の庭の、この夏の匂いが大好きだ。

館脇君は桜の季節が一番美しいとは言うけれど、夏の方が生命力を感じる。

それはそのまま、私の中の櫻子さんのイメージだった。

「うぉん！　うぉん！」

ここ半年寝てばっかりで、なんだかすっかり急に『おじいちゃん』っぽくなったヘクターは、久しぶりに九条家の庭を走りまわり、来る人来る人に飛びついては、その頭を撫《な》でて貰《もら》っている。

「ヘクター、今夜はあの子、充電切れで夜んぽできないですね」

私が苦笑いすると、櫻子さんは「体調を崩さなければ良いが……」と苦笑いする。

うん。でも気持ちはすっごいよくわかるよ、へーちゃん。

「本当に……でも、こんな風に久しぶりに櫻子さんに会えたんだから、私も走り回りたいくらい嬉《うれ》しいです」

「そうか。だったら芝生をもっとしっかり刈っておくんだったな」

そう言って、櫻子さんが声を上げて笑う。

そこにぱーっと走ってきたヘクターが、櫻子さんの胸に飛び込んだので、どさくさに紛れて私もぎゅっと抱きついた。

櫻子さんは一瞬驚いたようだったけれど、それでもニヤッと笑って、私を抱きしめ返してくれた。

本当に、本当にずっと寂しかった。

もう、毎月免許更新で帰って来てくれたらいいのに！


「何やってるの？　もう、奥で焼肉はじめてるよ？」

いつの間にかやってきた館脇君が、そんな私達を見て、焼肉用トングを片手に笑った。

「ちょっと、嬉しすぎて……館脇君も久しぶり」

「僕らはそんなに会ってなくないでしょ」

久しぶりに会うのは少し照れくさかったけれど、どうやら館脇君はそうでもないらしい。

相変わらずだと思いながらも、「あ、おにぎり持ってきたよ。あとザンギ揚げてきた」と保冷バッグを彼に押しつけた。

「良かった！　肉が足りないかもしれないって、薔子夫人が追加をかけてくれた所だったんだよ」

「え？　そんなに？」

「うん。今日ほら、内海さんのところの姪《めい》っこちゃん達と、いーちゃん姉弟《きょうだい》も来てるし」

ちょっと見ない間に、ちびっ子達はすっごい食べるようになったと、なぜか自分の事のように、館脇君は誇らしげに胸を張る。

でも本当に今日は子供達の食欲に押され気味らしい。

普段と違って、わざわざ二台用意した焼肉台の上は、もうほとんどスカスカで、内海さんはカラッカラで焦げ気味のタマネギを、ちまちまと食べているところだった。

薔子さんは、どうやら磯崎先生に、追加の買い出しに行って貰うことにしたらしく、メモとお財布を先生に渡している。

「あ、待ってプーちゃん！　ちょっと、ジュースも！　ジュースも足りない！　あとアイスも買いましょ。私苺《いちご》ね、苺のがいい」

「もー、だったらオーナー、自分で行ってよ」

「ダメよ、私もうビール開けちゃったもん」

「もー」

そんな二人の親しげなやりとりに、なんだかニヤニヤしてしまう。

ふふふ、磯崎先生、薔子さんの前ではちょっと子供っぽくなっちゃうんだ。

でも磯崎先生が、薔子さんの別荘のお庭を作ることになった話は私も知っているけれど……プーちゃん？

なんで先生の渾名《あだな》が『プーちゃん』なんだろう？

「てか、オーナー？　これはマジで僕の仕事じゃないですからね」

「わかってるわよ。その代わり、今度プーちゃんの好きなラプサンのアフタヌーンティご馳走《ちそう》してあげる」

「いや、正太郎《しょうたろう》じゃないんだから、僕は食べ物で釣られないから」

「なんでそこで僕の名前が出てくるんですか！　てか、アフタヌーンティしたい！」

「それは私も是非食べたい。明日《あした》行こう」

「うわ、なにそれ！　僕も！　僕も連れてって！　貴族の遊び！　百合ちゃんも行くでしょ？」

「え？　あ……はい、私も行きたいです」

怒濤《どとう》のように、みんなしゃべるしゃべる……。

鼓膜が痛くなりそうになりながら、みんなの話を面白がって聞いていたら、内海さんがしっかり私の事も呼んでくれた。

私もちゃんとここにいるんだって嬉しくなって、顔が更にニヤニヤしてしまった。

ああ——すごく久しぶりなのに、みんな全然変わらない。

でも警察学校は、入ってしばらく自分の家にもなかなか帰れないらしくて、今日は蘭香がいない。

それが、ちょっと、いや、うんと寂しい。

そしていつもみんなを優しく見守ってくれていたばあやさんも、もうここにはいない。

過去は愛《いと》おしい。

でもそんな愛おしい過去を作るためには、今をきちんと愛さなきゃいけないんだなって、私は不意に思った。

寂しいだなんて、しょぼくれてても何にも始まらない。

私が生きているのは『今』なんだから。

そうして改めて、みんなの笑い声が響く九条家の庭を見回して、ふと気がついた。

庭に、いーちゃんの姿が無い。

まいごのまいごのちいさないーちゃん。

今はもう、迷子になったりしないと思ってたけど、私は慌てて庭を飛び出し——そして、開けっぱなしの九条家の玄関に、小さな靴が一足綺麗《きれい》に並んでいるのに気がついた。

「……いーちゃん？」

中に入ると、リビングには一人いーちゃんが立ち竦《すく》んでいた。

いいや、竦んでいるんじゃない。よく見れば彼女は、リビングのあちこちに飾られた骨格標本を、まんまるい目でじっと見ている。

その目は、恐怖とは違う色で輝いているようだった。

「いーちゃん、どうしたの？」

「これ、なあに？」

「え？　え……ええと、猫ちゃんの、骨だと思う」

ソファによじ登り、棚に飾られた『アルナ』と『レイディアス』と書かれた標本を、いーちゃんが指差した。

「ねこ？」

「そう……猫。これは……骨だよ。生き物の身体の中にあって、大切な部分を支え、守ってくれる、とってもつよいもの」

それを聞いて、いーちゃんは真剣な表情で「ママにもあった」と言った。

「え？　ママに？」

「うん。そうぎやのおじちゃんがいってた。こうやってママは、これからずっとゆーかたちをみまもってくれるんだって……こわかったけどうれしかったし、きれいだった」

――『きれいだった』

それを聞いて、私の心臓が、どくん、と震えた。

「いーちゃん……じゃなくて、もう、ゆーかちゃんか」

「うん。ゆーかだよ。もうちみっこじゃないから」

「そっかぁ、ちびっこじゃないかあ、ふふふ」

久しぶりに会ったいーちゃんは、前よりもちょっとお姉ちゃんになっていた。

抱き上げると、前よりうんと重い。

命の重さだ。

私はゆーかちゃんをぎゅっと抱きしめてから、そっとその手を摑《つか》んだ。

「いこう――その話をしたら、すごい喜ぶ人がいる」

〈参考文献〉

『シャーロック　ホームズの冒険』　コナン・ドイル　石田文子訳　KADOKAWA
『生物毒の科学（大英自然史博物館の本　3）』ロナルド・ジェンナー　イヴィンド・ウンドハイム　船山信次監修　瀧下哉代訳　エクスナレッジ
『毒と薬の世界史―ソクラテス、錬金術、ドーピング』船山信次　中央公論新社
『魔女の薬草箱』　西村佑子　山と溪谷社
『毒薬の博物誌』　立木鷹志　青弓社
『媚薬の博物誌』　立木鷹志　青弓社
『バートラム・ホテルにて』アガサ・クリスティー　乾信一郎訳　早川書房
『マリー・アントワネットの暗号―解読されたフェルセン伯爵との往復書簡』エヴリン・ファー　ダコスタ吉村花子訳　河出書房新社
『マリー・アントワネットの植物誌』エリザベット・ド・フェドー　アラン・バラトン監修　川口健夫訳　原書房

＊本書の執筆に際し、取材にご協力頂きました方々に、厚く御礼申し上げます。

佐藤喜宣様（杏林大学医学部名誉教授）
盛口満様（沖縄大学人文学部こども文化学科／学長）
北海道新聞社
長野県　蝶の民俗館　今井彰様
北海道　旭川市　旭山動物園
北海道　紅茶の店 ライフラプサン
北海道　エチュード洋菓子店

本書は書き下ろしです。
この作品はフィクションです。実在の人物、団体等とは
一切関係ありません。

櫻《さくら》子《こ》さんの足下《あしもと》には死体《したい》が埋《う》まっている

Side《サイド》 Case《ケース》 Summer《サマー》

太田《おおた》紫織《しおり》

令和4年 5月25日 初版発行

発行者●青柳昌行

発行●株式会社KADOKAWA
〒102-8177 東京都千代田区富士見2-13-3
電話 0570-002-301（ナビダイヤル）

角川文庫 23190

印刷所●株式会社暁印刷
製本所●本間製本株式会社

表紙画●和田三造

●お問い合わせ
https://www.kadokawa.co.jp/（「お問い合わせ」へお進みください）
※内容によっては、お答えできない場合があります。
※サポートは日本国内のみとさせていただきます。
※Japanese text only

ISBN 978-4-04-112560-1 C0193

角川文庫発刊に際して

角川源義

第二次世界大戦の敗北は、軍事力の敗北であった以上に、私たちの若い文化力の敗退であった。私たちの文化が戦争に対して如何に無力であり、単なるあだ花に過ぎなかったかを、私たちは身を以て体験し痛感した。西洋近代文化の摂取にとって、明治以後八十年の歳月は決して短かすぎたとは言えない。にもかかわらず、近代文化の伝統を確立し、自由な批判と柔軟な良識に富む文化層として自らを形成することに私たちは失敗して来た。そしてこれは、各層への文化の普及滲透を任務とする出版人の責任でもあった。

一九四五年以来、私たちは再び振出しに戻り、第一歩から踏み出すことを余儀なくされた。これは大きな不幸ではあるが、反面、これまでの混沌・未熟・歪曲の中にあった我が国の文化に秩序と確たる基礎を齎らすためには絶好の機会でもある。角川書店は、このような祖国の文化的危機にあたり、微力をも顧みず再建の礎石たるべき抱負と決意とをもって出発したが、ここに創立以来の念願を果すべく角川文庫を発刊する。これまで刊行されたあらゆる全集叢書文庫類の長所と短所とを検討し、古今東西の不朽の典籍を、良心的編集のもとに、廉価に、そして書架にふさわしい美本として、多くのひとびとに提供しようとする。しかし私たちは徒らに百科全書的な知識のジレッタントを作ることを目的とせず、あくまで祖国の文化に秩序と再建への道を示し、この文庫を角川書店の栄ある事業として、今後永久に継続発展せしめ、学芸と教養との殿堂として大成せんことを期したい。多くの読書子の愛情ある忠言と支持とによって、この希望と抱負とを完遂せしめられんことを願う。

一九四九年五月三日